Onur Akhan, 1982 yılında Ankara'da doğdu. İlköğrenimiyle ortaöğrenimini Ankara'da tamamladı. 2007'de Galatasaray Üniversitesi İletişim Fakültesi Radyo Televizyon Sinema Bölümü'nden mezun oldu.

Üniversite yıllarında *Radikal İki* için makaleler yazarak meslek yaşamına ilk adımını attı. CNBC-e'de ve CNN Türk'te yaptığı stajların ardından, 2005 yılında CNN Türk'te yapım asistanı olarak çalışmaya başladı. Dört sene boyunca siyaset, tartışma, eğitim, gezi, mizah ve moda alanlarında pek çok programın yapımcılığını ve editörlüğünü üstlendi.

2009'da askerlik görevini yerine getirmek üzere gittiği Iğdır'da; Ermenistan, İran ve Nahçıvan sınırındaki karakollarda tiyatro oyunları sahneledi.

Askerlik dönüşü, 2010 yılında ekonomi kanalı Bloomberg HT'de ekonomi-haber prodüktörü olarak çalışmaya başladı. 2011'de CNN Türk'ten aldığı teklifle ilk işyerine geri döndü.

2014'te Suç Araştırmaları Uzmanı Mesut Demirbilek'le birlikte *Cinayet Sohbetleri* isimli kitabı kaleme aldı.

Onur Akhan, halen CNN Türk'te program editörü olarak çalışıyor.

Mesut Demirbilek, 1965, Edirne doğumlu olan Mesut Demirbilek, Polis Koleji'ni ve Polis Akademisi'ni bitirdikten sonra yaklaşık 9 yıl İstanbul Cinayet Bürosu'nda dedektif olarak çeşitli rütbelerde görev yaptı. Sidney'de aldığı 1 yıllık akademik İngilizce eğitiminin ardından, Başbakanlık bursuyla New York'a gitti. Burada John Jay College of Criminal Justice'te "Suç Araştırmaları ve Teknolojileri" üzerine yüksek lisansını tamamladı.

2002 yılında Türkiye'ye döndükten sonra Kaçakçılık ve Organize Suçlarla Mücadele Daire Başkanlığı'nda Merkez Organize Suçlar Şube Müdürlüğü, şimdiki adı Siber Suçlarla Mücadele Daire Başkanlığı olan Yüksek Teknoloji Suçları Şube Müdürlüğü (aynı zamanda bu şubenin kurucusudur) ve Kriminal Polis Laboratuvarları Daire Başkanlığı bünyesindeki Merkez Olay Yeri İnceleme ve Kimlik Tespit Şube Müdürlüğü gibi çeşitli yöneticilik görevlerinde bulundu. Yurtiçinde ve yurtdışında suç araştırma teknikleri ve siber suçların soruşturulması konularında çok sayıda eğitime katıldı.

Mesut Demirbilek, polislik mesleğinde geçirdiği 22 yılın ardından 2005'te Emniyet Müdürü rütbesindeyken emekli olarak özel sektöre geçiş yaptı. Finans, gıda, teknoloji ve telekomünikasyon gibi sektörlerdeki dünyanın en büyük çokuluslu şirketlerinde yönetici olarak kariyerine devam etti.

Mesut Demirbilek'in güvenlik, suç araştırmaları ve polislik mesleği ile ilgili yurtiçinde ve yurtdışında hakemli dergilerde yayımlanmış makalelerinin yanı sıra John Jay College of Criminal Justice tarafından yayımlanan "İstanbul'un Cinayet Profili" isimli bir bilimsel çalışması bulunuyor. Ayrıca ACFE tarafından verilen "Certified Fraud Examiner" (Sertifikalı Suiistimal İnceleme Uzmanı) unvanına sahip. USİUD (Uluslararası Suiistimal İnceleme Uzmanları Derneği), Adli Bilişim Derneği, ASIS, ACFE, EKYID ve IPA gibi ulusal ve uluslararası meslek birliklerinde aktif üyeliği devam ediyor.

Mesut Demirbilek, evli ve iki çocuk babasıdır.

facebook.com/cinayetsohbetleri
twitter.com/akhanonur
twitter.com/mesutdemirbilek

Cinayet Sohbetleri

Hepimiz Katiliz!

UYARI: Bu kitapta anlatılar tamamen gerçek hayattan alınmıştır. Hayatta kalanların güvenliği açısından bazı bilgiler ve isimler değiştirilmiştir.

Cinayet Sohbetleri
HEPİMİZ KATİLİZ!

Yazan: Onur Akhan, Mesut Demirbilek

1. baskı / Mayıs 2016 / ISBN 978-605-09-3451-9
Sertifika no: 11940

Kapak tasarımı: Erbil Kargı
Baskı: Yıkılmazlar Basın Yayın Prom. ve Kâğıt San. Tic. Ltd. Şti.
Evren Mah. Gülbahar Cad. No: 62 / C Güneşli - Bağcılar - İSTANBUL
Tel: (0212) 515 49 47
Sertifika no: 11965

Doğan Egmont Yayıncılık ve Yapımcılık Tic. A.Ş.
19 Mayıs Cad. Golden Plaza No. 1 Kat 10, 34360 Şişli - İSTANBUL
Tel. (212) 373 77 00 / Faks (212) 355 83 16
www.dogankitap.com.tr / editor@dogankitap.com.tr / satis@dogankitap.com.tr

Cinayet Sohbetleri

Hepimiz Katiliz!

Onur Akhan
Mesut Demirbilek

DK DOĞAN KİTAP

Onu öldürdük. Sen ve ben!
Hepimiz onun katilleriyiz.*

Friedrich Nietzsche

* Friedrich Nietzsche, *The Gay Science*, Cambridge University Press, 2001, pasaj 125, sf. 119-120.

"Sohbetimize" değerli katkılarından dolayı
İstanbul Cinayet Masası Emekli Dedektifleri
Halit Doğan, İrfan Ateş, İrfan İrven, Sabri Kaymak ve
Ömer Lütfü Taşçıoğlu'na
teşekkür ederiz.

İçindekiler

Yeni bir cinayet sohbetine başlarken...

Suç Araştırmaları Uzmanı Mesut Demirbilek'le birlikte kaleme aldığımız *Cinayet Sohbetleri* serisinin ilk kitabında "cesetleri" konuşturmuştuk. Demirbilek, Emniyet Teşkilatı'nda edindiği yirmi iki yıllık tecrübesini, adım adım çözdüğü cinayetler aracılığıyla anlatmıştı.

Bu kitapta ise cesetleri değil, katilleri konuşturuyoruz. Bazılarını cinayeti çözen dedektifin anlatımıyla, bazılarını ise bizzat katilin dilinden aktarıyoruz.

İlk çalışmamızda olduğu gibi, yine anlattığımız olayların hepsi gerçek. Ancak, akıcılığı sağlamak ve okumayı kolaylaştırmak adına, bazı bağlantıları ve diyalogları Mesut Demirbilek'le birlikte kurguladık. Bunu yaparken de anlattığımız olayların özüne asla dokunmadık.

Mevzu "katiller" olunca, bütün tektanrılı dinlerin kitaplarında "tarihin ilk katili" olarak kabul edilen Kabil'in hikâyesi ile *Cinayet Sohbetleri*'ne başlayacağız. Kabil, kardeşi Habil'i nasıl ve neden öldürdüğünü günümüzün diliyle anlatacak.

Sonraki bölümlerde, gerçek cinayet olayları üzerinden; intikam, hırs ve şehvetin gözleri nasıl kör ettiğini; aramızda dolaşan, belki de aynı yatağa baş koyduğumuz seri katilleri; "Karıncaya bile zarar veremem" diyenlerin, şartlar oluştuğunda nasıl acımasız birer katile dönüştüğünü; delil karartanları, sahte delil yerleştirenleri, kaçmak için bin bir takla atanları; sırtından bıçaklayanları, sırtından bıçaklananları; olay yerinde, cesedin bacağını tuttuğunda, kendi bacağından ayırt edemeyen dedektifleri okuyacaksınız.

Ayrıca; yolunuz Cinayet Masası'na düşerse, polise nasıl ifade vermeniz gerektiğini; sorgu odasında yalan söyleyenlerin nasıl konuşturulduğunu; cinayet işlediyseniz ya da işlemediğiniz bir cinayetle suçlandıysanız, paçayı sıyırmanın mümkün olup olmadığını; bir cinayete kurban gidecek olsanız, sizi öldürebilecek en muhtemel kişiyi; çocuğunuzun davranışlarından seri katil potansiyeli taşıyıp taşımadığını öğreneceksiniz.

Son bölümde ise dünyanın en bahtsız katili "Fotin Dayı"nın içler acısı öyküsünü okuyacaksınız. Beterin beteri nasıl olurmuş, bizzat kendisi anlatacak.

Onur Akhan
İstanbul, Mayıs 2016

1

Öldürdüm onu

Öldürdüm onu... Evet, yanlış duymadınız, ben yaptım. Elimi kana buladım. Kırk yıl düşünsem aklıma gelmezdi, biliyor musunuz? Benim gibi bir adam katil oldu... Ne garip!

Anlam veremediğim bir kibir var üzerimde. Ömründe hiç adam öldürmemiş olanları küçümsüyorum.

İçimdeki açlık büyüyor, durduramıyorum. Masumiyetini kaybetmiş bedenim, daha fazla kan istiyor. Yavaş yavaş kontrolümü kaybediyorum.

Sonunda pes edip, dönüştüğüm şeyin esiri oluyorum.

* * *

Öldürdüm onu... Elli sekiz yıllık kocamın canına kıydım.

Yataktaydı, uyuyordu. Kim bilir kaçıncı rüyasını görüyordu. Aldım keseri elime, güm diye indirdim tepesine.

"Yandım anam" diye bağırdı. Ardından ikinci darbe... Sonrasını sayamadım bile.

Burnunu, kulaklarını, ağzını, yüzünü dümdüz ettim. Üçer beşer, dişlerini kırdım.

Aklım başıma geldiğinde ise, her şey için çok geçti.

Ah benim yaşlı bedenim, ah benim yorgun beynim... Elli sekiz yıl boyunca aynı yastığa baş koyduğum kocamı bile tanıyamaz hale geldim.

Ne olur affet beni sevgilim.
Seni öldürdüğüm için özür dilerim.

* * *

Öldürdüm onları... Düşündüğüm tek şey intikamdı. Kızımı, canımın en değerli parçasını almışlardı elimden. Başka türlü içimdeki acı beni ölene kadar rahat bırakmazdı.

Çıkardım belimdeki silahı, mermileri namlunun ağzına verdim.

"Yapma" dediler, yalvardılar; dinlemedim.

Öfkemi mermi yapıp suratlarına kustum. On dört merminin on dördünü de kafalarına boşalttım.

Bundan sonra ister idam etsinler, ister ömür boyu hapiste çürütsünler...

İntikamımı aldım ya, o bana yeter.

* * *

Öldürdüm kendimi... Attım Boğaz'ın serin sularına yaşlı bedenimi...

İşimi kaybetmiş, eşimden boşanmıştım. Hayat zaten yeterince karmaşıktı ve bu karmaşayı hazmedecek gücü kendimde bulamamıştım. Pişman olduğumda ise, iş işten çoktan geçmişti.

Önemli biri öldüğü zaman, haberlerde "bilmem kim son yolculuğuna uğurlandı" derler ya, benim de son yolculuğum on günlük muhteşem bir Boğaz gezintisi oldu. O güzel İstanbul'un daha önce hiç görmediğim yerlerini seyrede seyrede, Sarayburnu sahiline kadar geldim.

Burada ayrıntıları anlatıp keyfinizi bozmak istemem, ama sahilde çömez bir komiser yardımcısı vardı. Sudan şişmiş cesedimi karaya çıkarırken kolumu kopardı.

"Oradan çekme, canımı yakıyorsun, dikkatli ol" diye bağırdım, sesimi duyuramadım. Ölüye bile saygısı kalmamış bu aynasızların.

Şişkin bedenim ve kopmuş kolumla toprağın altındayım şimdi. Kırk sekiz yıllık hayatımda ve on günlük son yolculuğumda şunu öğrendim: Hayat, eğer gitmesini istediğin gibi devam etmiyorsa sürdürülebilene razı ol. Bükemediğin el senin hayatındır. Tut o eli, asla bırakma...

* * *

Öldürdüm onu... Daha birkaç saat öncesine kadar birbirimizi tanımıyorduk bile. Oysa böyle mi anlaşmıştık seninle! Profesyonelce yaşanıp bitecekti her şey! Olması gerektiği gibi...

Şimdi salonun ortasında kanlar içinde çırılçıplak yatıyorsun. Boynuna savurduğum o son bıçak darbesi olmasaydı; kim bilir, belki kurtulurdun. O zaman affederdim seni, biliyor musun! Belki yine sevişirdik.

Öldüğüne hâlâ inanamıyorum. Yaşayamadığımız onca şey kafamın içinde geziniyor, gürültü çıkarıyor; ama ben susuyorum...

* * *

Öldürdüm onu... Çektim gittim sonra... Kanlar içinde bir ceset adası bıraktım arkamda.

Kendi kanında nasıl boğulduğunu görsünler diye, baş başa bıraktım onu çocuklarıyla.

Ne kadar aşağılık bir şey yaptığımın farkındayım. Ama katilim ben! Daha ne bekleyebilirsiniz ki zaten!

Ey sevgili! Unutma bu kan gölünü. Unutma o güzel bedenine aşkla sapladığım bıçakları. Unutma bu kara kırmızı günü...

Bakın çocuklar, beyninize kazıyın bu anı. Anneniz yok artık. Aldım onu elinizden. Doya doya ağlayın, sarılın ona... Bulansın üstünüz başınız annenizin kanına. Kızıl kan belki açar zihinlerinizi. Eminim, büyüyünce siz de anlarsınız gerçekleri...

* * *

Öldürdüm onu. Bir anlık öfkemin kurbanı oldum. Öyle pişmanım ki şimdi; günlerce ağladım, gözpınarlarımı kuruttum.

Ebedi istirahatgâhında sükûnet içinde uyu, olur mu? Sonbahar yağmurlarının ıslattığı toprakta huzurla çürü.

Zaman gelecek, seni öldürdüğüm günün aslında "düğün günün" olduğunu anlayacaksın. Sarılacak toprak sana, bırakmayacak. Çünkü o seni daha çok sevecek. Benim vermediğim değeri o verecek...

* * *

Öldürdüm kendimi...

Önce saatime baktım. Altıyı on geçiyordu.

Pencereye doğru yaklaştım ve buz gibi cama yaslandım. Ürperti ile huzur arasında gidip geldim. Anlık bir titremeyle bedenimin sarsılmasına engel olamadım. Lacivertten kızıla dönen gökyüzünü son bir kez, uzun uzun seyrettim.

Tepeciğin ardından güneşin ilk ışıkları görünmeye başladığında, odanın ortasında duran sandalyeye çıktım. Yağlı urganı büyük bir titizlikle boynuma geçirdim ve özenle sıktım.

Sol ayağımla destek aldığım sandalyeyi, sağ ayağımla tekmeledim.

Öldüm...

2

Ben, Kabil... Tarihteki ilk katil[1]

Benim adım Kabil. Ana rahmine düşen ve normal yollarla doğan ilk insanım. Beni pek tanımazlar, ama annemle babamın ismini mutlaka duymuşsunuzdur. Hani meşhur Âdem ile Havva var ya, işte onlar...

Bütün tektanrılı dinlerin kaynaklarında bizim aileden bahsedilir. Babam topraktan, annem de babamın vücudundan yaratılmış. Önce mekânları cennetmiş. Ancak malum "yasak elma" meselesinden sonra, cennetten kovulup dünyaya sürgün edilmişler.

Bu noktada ufak bir şerh düşmeme izin verin. Anlatacağım hikâyeye isterseniz gerçek, isterseniz efsane gözüyle bakabilirsiniz. Sonuçta inanan var, inanmayan var. Ancak vereceğim mesajın gayet "hayati" olduğunu bilmenizi isterim.

Annem ilk hamileliğinde ikiz çocuk dünyaya getirmiş: ben ve kız kardeşim.

İkinci hamileliğinde de yine ikiz doğurmuş: erkek kardeşim Habil ile onun ikiz kız kardeşi.

Babam bana çiftçiliği öğretti. Tohumu, gübresi, ekmesi, biçmesi derken; toprakla birlikte büyüdüm. Ama kardeşim çoban oldu. Hayvanlarla birlikte gezdi tozdu.

1. Kabil ve Habil olayı: Musevi, Hıristiyan ve Müslüman kaynakları ile Sümer mitolojisinde anlatılmaktadır. Aralarında bazı farklılıklar olmakla birlikte, bütün kaynaklarda benzer olaylardan bahsedilmektedir. Bu bölümde Kabil'in ağzından aktarılan diyaloglar yazar tarafından kurgulanmıştır. Fakat hikâyenin özüne müdahale edilmemiştir.

Mevsimler mevsimleri, yıllar yılları kovaladı. İkimiz de kocaman adamlar olduk. Babam bir gün bizi yanına çağırdı.

"Ne oldu baba?" diye sorduk.

"Çok önemli" dedi ve devam etti:

"Evlatlarım; büyüdünüz, serpildiniz, kocaman delikanlı oldunuz. Allah'a şükür, ikinizi de iş sahibi yaptım. Şimdi sıra eşe geldi. Mürüvvetinizi görmeden ölürsem, gözüm açık gider."

"İyi de baba, biz ilk insanlar değil miyiz? Kiminle evleneceğiz?"

"Kız kardeşlerinizle yavrum."

İşte zurnanın zırt dediği yer burasıydı. Benim ikizim güzel, Habil'in ikizi ise çirkindi.

İkimiz de babamızın söyleyeceklerine kulak kesildik.

"Kabil, sen Habil'in ikiziyle; Habil, sen de Kabil'in ikiziyle evleneceksin."

Haliyle Habil'in ağzı kulaklarına vardı. Kapmıştı güzel kızı.

Hemen itiraz ettim tabii.

"Haksızlık bu! Ben neden çirkin kardeşimle evleniyorum?"

"Böyle daha sağlıklı nesiller dünyaya getireceksiniz yavrularım, kendi ikizlerinizle evlenemezsiniz."

Kabul etmedim. Karşı geldim babama. Küçüklüğümden beri bana karşı hep Habil'i kayırıyorlardı.

Adil bir yarış istediğimi söyledim.

"Nasıl bir yarış istiyorsun oğlum?" diye sordu babam.

"Bilmem, babamız sensin, ona da sen karar ver" dedim.

Birkaç gün sonra babam Habil'le beni tekrar yanına çağırdı.

"İkiniz de Tanrı'ya kurban adayacaksınız. Tanrı, kimin kurbanını kabul ederse Kabil'in ikiziyle o evlenecek. Kabul mü?"

"Kabul."

Ben tarladaki en son hasadımdan elde ettiğim ürünleri adadım, Habil de sürüsündeki en iyi kuzuyu...

Tanrı, Habil'in adağını kabul etti.

Habil yine her zamanki gibi dört ayak üzerine düşmüştü.

Gururuma yediremedim. Kendi öz kardeşimi kıskanıyor ve ondan nefret ediyordum.

İçimdeki öfkeyi dindirmem gerekiyordu. Bunun için Habil'e iyi bir ders vermeliydim. Bütün gece uyumayıp plan yaptım.

Habil, sabahın ilk ışığını görür görmez koyunlarını otlatmaya çıkardı. Ben de kalkıp gizlice onu takip ettim. Öğlene kadar uygun bir yer ve zaman kolladım. Güneş tam tepedeyken, Habil hayvanları serbest bırakıp bir ağacın gölgesinde dinlenmeye çekildi.

Vakit gelmişti. Elime büyükçe bir taş alıp arkadan sinsice Habil'e yaklaştım. Nefes nefeseydim, kalbim yerinden fırlayacak gibi atıyordu. Tam taşı kardeşimin kafasına indirecektim ki, göz göze geldik.

"Ne yapıyorsun abi?" diye sordu. Bunu söylerken de son derece sakindi.

Cevap veremedim.

"Bana zarar vermek istesen bile ben abime el kaldırmayacağım" dedi.

Kardeşimin bu umursamazlığı karşısında deliye dönmüştüm. Öfkem bir kat daha artmıştı. Elimdeki taşı bütün gücümle Habil'in kafasına indirdim. Sesi bir anda kesildi. Her taraf kana bulandı.

Ne olduğunu tam olarak anlayamamıştım.

"Habiiil" diye seslendim, dürttüm, çimdik attım; hiç tepki vermedi.

Uyudu sandım. Saatlerce başında bekledim, uyanmadı. Ne yapacağımı bilemedim.

Hayvanları öldürüp yerdik ama insanoğlu başka değil miydi? İnsan da ölüyorsa hayvanla aramızdaki fark neydi? O zamana kadar hiç ölmüş bir insan görmemiştim ki, nereden bilebilirdim?

Sorular soruları kovaladı. Halbuki ben sadece Habil'e bir

ders vermek istemiştim. Acı çekip, hissettiklerimi biraz olsun anlamasını sağlamaktı amacım.

Deliler gibi pişman olmuştum.

İlk şoku atlatıp kesin olarak kardeşimin öldüğüne kanaat getirdiğim zaman, kendimi daha mantıklı düşünmeye zorladım.

Mesela babam, "Kardeşin nerede?" diye sorduğunda hangi cevabı vermeliydim?

"Bilmiyorum" diyebilirdim.

"Ben Habil'in bekçisi miyim!" diye sorabilirdim.

Bunun için önce önümde duran cesetten kurtulmam gerekiyordu. Ama bunu nasıl yapacaktım?

Etrafıma amaçsızca bakınırken, çalılıkların dibinde bir karga dikkatimi çekti. Yavaş yavaş ve büyük bir dikkatle toprağı eşeliyordu.

Bir an durdu, kafasını kaldırıp bana baktı ya da ben üzerime alındım, bilmiyorum. Bir süre bakıştıktan sonra toprağı eşelemeye devam etti. Sonunda içine sığabileceği derinlikte bir çukur açmayı başardı.

Dikkatle karganın sonraki adımlarını izledim. Çukurun yanındaki yaprak yığınının içinden gagasıyla bir şeyleri çekiştirmeye başladı. Bir de ne göreyim? Yaprakların arasından ölü bir karga çıktı. Ustaca bir gaga manevrasıyla, ölü kargayı açtığı çukura itekledi ve üzerini toprakla örttü. Sonra da uçarak uzaklaştı.

Artık ne yapacağımı biliyordum. Karganın kılavuzluğuna uyarak, hızla toprağı kazıp kardeşimi gömdüm.

Gölgeler iyice uzamıştı. Gün bitmek üzereydi. Tam her şey halloldu derken, annemle babamın sesiyle irkildim.

"Kabiiiil! Habiiiil!"

Sabahtan beri ortalıkta yoktuk. Belli ki bizi aramaya çıkmışlardı.

Kaçmam lazımdı. Çünkü bana yol gösteren karga, işini bitirdikten hemen sonra ortadan kaybolmuştu. Ama babamın vereceği tepkiyi de merak ediyordum. Sonrasında kendimi savunmam için, babamın neyi bilip neyi bilmediğini öğrenmem gerekiyordu. Ağaçların arasına saklanıp onları izlemeye karar verdim.

Babam önce, yerdeki kan lekelerini fark etti. Kan lekeleri onu suç aletim olan taşa ve eşelenip üzeri örtülmüş toprağa, yani kardeşimin mezarına götürdü.

Oyun bitmişti. Annemle babamın karşısına çıkıp yalan söylemenin, "Ben öldürmedim" demenin bir anlamı kalmamıştı. Tek çare kaçmaktı.

Kaçtım, bir daha geri dönmedim.

"Kılavuzu karga olanın burnu pislikten kurtulmaz" derler. O günden sonra ne benim ne de insanlığın başı pislikten kurtuldu. Dökülen kardeş kanı hiçbir zaman durmadı. Dünyanın tarihi "ölenlerin ve öldürenlerin tarihi" oldu.

Sözün sonu...

Ben, Kabil...

Âdem'den olma, Havva'dan doğma Kabil.

Ana rahmine düşen ilk insanım.

İlk cinayeti ben işledim.

İlk kardeş katili ben oldum.

İlk cenazeyi ben gömdüm.

Ve ilk olay yeri incelemesini yapan dedektif, babam Âdem oldu.

Yeryüzünde işlenen her cinayetten ben de sorumluyum.

Hırsımın, kıskançlığımın ve öfkemin kurbanı oldum.

Çok pişmanım.

Şimdi sözü, okumakta olduğunuz kitabın kahramanı ve bizim, yani katillerin korkulu rüyası Mesut Komiserime bırakıyorum.

3

Neden öldürüyoruz?

Mesut Demirbilek, bugün dünyada yaşananlar bir nevi "Habil'ler ile Kabil'lerin savaşı". Yani ölenlerle öldürenlerin ya da iyilerle kötülerin... Neden öldürüyoruz ve neden bunu sadece biz yapıyoruz?

Neden öldürüyoruz? Keşke tek bir nedenden bahsedebilseydik, o zaman cinayetleri çözmek çok daha kolay olurdu. Ama maalesef öyle değil.

Bazı temel benzerlikler olsa da, her cinayetin motivasyonu farklı, işlenme şekli farklı; her olayın tarafları, zamanı ve şartları farklı... Yani pek çok değişken var.

Ancak illa ki bir genelleme yapmamız gerekirse, öldürme nedenlerinin iki temel motif altında toplandığını söylemek yanlış olmaz.

1. Kadın-erkek ilişkileri (kıskançlık, ihtiras, şehvet, öfke, intikam vb.).

2. Menfaat ilişkileri (para, güç, kibir, makam, şöhret vb.).

Peki, neden sadece insanlar cinayet işliyor? Bunun için önce cinayetin tanımını yapmak lazım.

Cinayet, bir insanın bilerek ve isteyerek gerçekleştirdiği, başka bir insanı illegal olarak öldürme eylemidir.

"İllegal" diyorum, çünkü yasal olan öldürme şekilleri de mevcuttur:

– Mahkeme kararıyla gerçekleşen idamlar

– Nefsi müdafaa durumları

– Güvenlik güçlerinin görev ve yetkileri dahilinde gerçekleşen ölümler...

Bunlar cinayet olarak tanımlanamaz. Çünkü hepsinin yasalarla güvence altına alınmış, haklı ve meşru gerekçeleri vardır.

Diyelim ki, bir savaş pilotu, aldığı emirlere göre kendisine verilen koordinatları bombalıyor. Bombaladığı noktalarda asker, terörist, sivil; belki elli kişi hayatını kaybediyor.

Aynı pilot görevini bitirip evine dönerken trafikte başka bir sürücüyle tartışıyor. Sonrasında çok öfkeleniyor ve tabancasını çıkarıp tartıştığı adamı öldürüyor.

İlk olayda öldürdüğü elli kişi için takdir toplayan ve kahraman kabul edilen pilot, diğer olayda öldürdüğü tek kişi için gerçek bir katil oluyor ve yıllarca cezaevinde yatmak zorunda kalıyor.

Enteresan bir paradoks...

Bilim insanları bu konu hakkında çok fazla kafa yormuş.

Melbourne Üniversitesi'nde yapılan bir araştırma var. Kırk sekiz denekten bilgisayar oyunları aracılığıyla önce sivilleri, sonra düşman askerlerini öldürmeleri isteniyor. Bu süreçte deneklerin beyin hareketleri gözlemleniyor.

Siviller öldürülürken, beynin ahlak ve vicdan gibi duygusal alanlarını kontrol eden bölgelerinde; düşman askerleri öldürülürken, rasyonellik, görev ve mantık gibi alanlarını kontrol eden bölgelerinde yoğun hareketlenmeler olduğu görülüyor.

Söz konusu hareketlerin ötesinde, bilim insanları beynin karmaşık yapısını incelerken, çok daha derinlerine gidilmesi gerektiğini düşünüyorlar. Bir gün bu karmaşık yapıyı çözdüklerinde, kimin insan öldürebileceğini tahmin edebileceklerine ve cinayetleri gerçekleşmeden önleyebileceklerine inanıyorlar.

Ben bu sonuca tam olarak katılmıyorum. Çünkü insandan, yani hayvandan farklı olarak aklı ve mantığıyla muhakeme yapma yeteneğine sahip, çok daha karmaşık zihinsel süreçleri olan bir yaratıktan bahsediyoruz.

Hayvan öldürmez mi? Hayvan da öldürür. Ama iki nedenle öldürür.

1. Avlanmak için.
2. Kendisini korumak için.

Hayvanla insan arasındaki temel fark "akıl"dır. Bir hayvan bilerek, isteyerek ve planlayarak bu iki dürtü haricindeki konularda, ne bir başka hayvanı ne de bir insanı öldürür.

Kendi aklı ve zekâsıyla bilerek, isteyerek ve tercih ederek öldürme eylemini gerçekleştiren tek canlı türü "insan"dır.

Öyle görünüyor ki, kendi aklı, zekâsı ve tercihleriyle öldüren insan; yine kendi aklı, zekâsı ve tercihleriyle öldürmekten vazgeçmeyecek. Yine bombalar atılacak, yine silahlar ateşlenecek, yine bıçaklar saplanacak.

Yani insanoğlu, dün ve bugün olduğu gibi, yarın da Kabil'in izinden yürümeye devam edecek.

4

Tecavüzden kaçış yoksa

"Tecavüze uğrayan kadın ya da çocuk hunharca öldürüldü" başlıklı haberlere sıkça rastlıyoruz. Neden cinayetle sonuçlanıyor?

Tecavüze uğrayan bir çocuksa, olay genelde cinayetle sonuçlanıyor.

Neden? Çocuk, kendisine tecavüz eden kişiyle mücadele mi ediyor? Hayır. Çünkü küçük ve güçsüz.

Peki, burada cinayetin motivasyonu ne oluyor? Tanınma korkusu.

İstatistikler bize gösteriyor ki, pedofili olaylarının faili yüzde doksan oranında tacize uğrayan çocuğun yakın ya da tanıdığı çevresinden çıkıyor. Aile bireyi, akrabası, komşusu gibi.

Burada fail şöyle düşünüyor:

"Ben böyle bir halt yedim. İçimdeki sapıkça şehvet duygularını da tatmin ettim. Ama şimdi öldürmem gerek. Çünkü bu çocuk ileride beni tanır. Çünkü dünyanın en adice şeyini yaptım. Çünkü bir çocuğa tecavüz ettim. Yakalanırsam mahvolurum, beni dışarıda olmasa bile, içeride kesin öldürürler..."

Peki, tecavüze uğrayan yetişkin bir kadınsa, onun öldürülme ihtimali nedir?

Tecavüze uğrayan yetişkin bir kadınsa, cinayete kurban gitme olasılığı çocuğa göre daha düşük.

Ancak, burada dikkat edilmesi gereken çok önemli bir husus var. Kadın, kendisine tecavüz eden kişiye direnip onunla mücadele ediyorsa, olay cinayetle sonuçlanabiliyor.

Benim tezim şu:

Tecavüzcü açısından bakacak olursak, ilk motivasyon, şehvet duygusunu tatmin etmek. Fakat kendisine karşı konulduğu noktada işler değişiyor.

İlk başta şehvet motivasyonuyla hareket eden tecavüzcü, dirençle karşılaştığında kendi erkeklik egosunun incinmiş (!) olduğunu düşünüyor. *"Ben bir erkeğim, sen bana nasıl karşı koyarsın?"* gibi alçakça bir kompleksin tetiklemesiyle, şiddetini açığa vuruyor.

Genelde kapkaç ya da gasp vakalarında denir ki: "Birisi sizin cüzdanınızı, çantanızı, cep telefonunuzu zorla almak istiyorsa; elinde kesici, delici bir alet olmasa dahi, ne istiyorsa verin ve kurtulun." Aksi halde ya yaralanıyorlar ya da öldürülüyorlar; defalarca bunun örnekleri yaşandı. Burada sizin dikkat çekmek istediğiniz nokta, "Birisi size tecavüz etmeye kalkıyorsa, bırakın etsin; yoksa öldürülürsünüz" mü?

Bu soruya net bir cevap vermek imkânsız. O kadar bıçak sırtı bir konu ki; bir tarafta gerçekler, diğer tarafta insanın kendini savunma içgüdüsü, öteki tarafta etik değerler var.

Geçmişteki pek çok tecavüz olayı analiz edildiğinde ortaya çıkan sonuç şu: Birisi size tecavüz etmeye kalkıyorsa ve siz o kişiyle dişe diş mücadele ediyorsanız, öldürülme ihtimaliniz öldürülmeme ihtimalinizle neredeyse eşit orandadır.

Ancak, tecavüze ya da benzer bir tehlikeye maruz kalan her insan, doğası gereği kendini savunur. Bunun aksini düşünmek imkânsızdır. Çünkü öğretilebilen ya da öğrenilebilen bir konudan bahsetmiyoruz. Ben sadece yaptığım analizin nesnel sonucunu paylaşıyorum...

Dolayısıyla, "Birisi size tecavüz ediyorsa, sen zevk almaya

bak" ya da "Direnmeyin, bırakın tecavüz etsinler" diyemeyiz. Bu kesinlikle mantıklı bir önerme olamaz.

Burada asıl dikkat edilmesi gereken nokta, söz konusu cinayeti işleyen şahsın geçmişidir.

Tecrübelerimiz gösteriyor ki, bu gibi katiller, öncesinde birtakım şiddet olaylarına karışmış olan kişilerden çıkıyor. Bu kişiler daha ilk vukuatlarında engellenmezse ya da tedavi edilmezse, ikinci ya da üçüncü adımda her türlü vahşeti sergileyebiliyor.

Türkiye için bu konuda çarpıcı bir örnek vermek istiyorum.

Genelde toplu taşıma araçlarında; yani metroda, minibüste, metrobüste ya da kalabalık ortamlarda birilerine sürtünerek tacizde bulunanlar vardır.

Halk arasında bunlara "fortçu" denir. Aslı "frotterizm". Yani sürtünmecilik.

Ben "fortçular" ile tecavüzcüler arasında dürtüsel anlamda bir farklılık olmadığına inanıyorum.

Burada eylemi belirleyen asıl etken, "fırsat". Yani birine sürtünerek cinsel zevk almaya çalışan biri, fırsatını bulsa tecavüz de edebilir, insan da öldürebilir.

Şiddet suçlarının önüne geçmek için somut olarak ne yapılabilir?

Doksanlı yıllarda New York şehrindeki şiddet suçlarının önüne geçmek amacıyla "Kırık Pencereler"[2] isimli bir model kullanıldı ve uygulamada çok başarılı olundu.

Modelin önerisi şu:

Biri taş atıp camınızı kırdı diyelim. "Ne olacak canım, sadece camım kırılmış, herhangi bir şey yapmayayım" dersen, ikinci gün kapını kırar; hâlâ önemsemezsen, üçüncü gün gelir evini başına yıkar. Üstelik camını kıranla evini yıkan, aynı kişi olmayabilir.

2. Broken Windows Teorisi.

Buradaki "kırık pencere" tabii ki bir simge. Ancak verdiği mesaj son derece net:

"Daha ilk saldırı gerçekleştiği anda hem faili bulma hem de onu tedavi etme noktasında müdahale edilseydi, sonraki saldırılar gerçekleşmeyecekti."

Yani adamı öyle bir iyileştirme sürecine tabi tutacaksın ki, bırakın cinayet işlemeyi, kılını dahi kıpırdatsa on sene içeride yatacağını bilecek. Yüzüne karşı küfür edilse bile yoluna devam etmesi gerektiği bilincine kavuşacak.

Yöntemin başarısı rakamlara da yansıdı. Doksanların başında New York'ta 100 bin kişiden 18'i cinayet işliyordu. (Aynı yıllarda İstanbul'da bu oran, 100 binde 6'ydı.) "Kırık Pencereler" modeli ve sonrasında uygulanan destekleyici yöntemler sayesinde New York`taki bu oran 100 binde 5'in altına düşürüldü.

Bu model Türkiye'de de uygulanırsa aynı sonuçları alabilecek miyiz?

Türkiye'nin şartlarına uyarlandığı takdirde, bu modelin özellikle şiddet suçlarına karşı başarılı olabileceğini düşünüyorum. Ancak her olayı aynı kalıba sokmak yanlış olur. Bazı yerel sorunlara özel çözümler üretmek zorundayız.

Mesela bazı bölgelerimizde hâlâ "töre" saikıyla zorla intihar ettirilen genç kızları görüyoruz.

Kızcağız tarlada çalışıyor, amcası arkadan sinsice yaklaşıp ona tecavüz ediyor; sonra kız, "kirlenmiş" yaftası yapıştırılarak intihara zorlanıyor. Bu çok acı ve mutlaka çözülmesi gereken sosyal ve kriminal bir sorun.

Acaba biz tecavüz olaylarının ne kadarından haberdar oluyoruz? Tecavüz vakalarının yüzde kaçı adli makamlara intikal ediyor? Eminim bildiklerimiz buzdağının sadece görünen kısmıdır. Çünkü çoğu zaman mağdur ölünce ya da cesaret edip şikâyet edince bilgimiz oluyor.

Maalesef kayıtlara geçen tecavüz vakalarının önemli bir kısmı, tehdit ve toplum baskısı gibi nedenlerle tecavüz edenle edilen arasında sır olarak kalıyor. Bilinen sayılar ve oranlar, özellikle kırsal kesimlerde neredeyse yok denecek kadar azalabiliyor.

Biz buna suçbilimde "kara rakam" diyoruz.

Rakamları karartmanın görece daha zor olduğu cinayet vakaları için ne söyleyebiliriz?

Cinayete kurban gidenlerin ve katillerin cinsiyetleri açısından, oranlar belirgin farklılıklara işaret ediyor.

Birleşmiş Milletler'in verilerine bakarsak, tüm dünyada cinayete kurban gidenlerin yüzde 80'i erkek, yüzde 20'si kadın. Türkiye'de bu oran 79'a 21 seviyesinde. Yani aşağı yukarı aynı.

Fakat gelişmiş bazı ülkeler ilginç bir şekilde ortalamalardan sapma gösteriyor. Mesela Japonya, Norveç, İsveç ve Finlandiya'da kadınlar ve erkekler neredeyse eşit oranlarda öldürülüyor. Hatta bazı dönemlerde kadın kurban oranının erkeklerinkini bile geçtiği görülüyor.

Bu oranlar o ülkelerde kadına karşı şiddetin fazla olduğunu mu gösterir?

İsveç, kadınlar açısından dünyanın en tehlikeli ülkesi diyebilir misiniz?

Cevabı net! Hayır.

Peki, nasıl açıklayacağız?

Açıklaması şu: Bu ülkelerde kadınların iş hayatına ve sosyal yaşama katılımlarının neredeyse erkeklerinkiyle eşit oranda olması bu sonucu ortaya çıkarıyor.

Katillerin cinsiyeti açısından baktığımızda ise bütün ülkelerde benzer bir tablo görünüyor. Birleşmiş Milletler'in istatistikleri, tüm toplumlarda katillerin yüzde 95'inin erkek olduğunu gösteriyor. Kabil'in "öğretisini" büyük oranda erkeklerin üstlendiği açıkça ortada...

5

Katil olay yerine geri döner mi?

Filmlerde görürüz, adamın biri cinayet işlemiştir. (Burada neden "adam" dedim de "kadın" demedim bilmiyorum.) Sonrasında olay yerine geri döner ve "ne var ne yok" diye bakmak ister. Bu, senaristlerin filmlere heyecan katmak için uydurduğu bir durum mudur, yoksa gerçekten katil olay yerine geri döner mi?

Olay yerine geri dönen katiller mutlaka vardır. Ancak, "Her katil bunu yapar mı?" diye sorarsan, "Hayır" diye cevap veririm.

Peki, neden dönerler? Cinayeti işlemişsin zaten; ya teslim ol ya da kaçacaksan kaç! Neden insan kendini böyle bir riske atar?

Eğer katil öldürdüğü kişinin ilk halkasında yer alıyorsa; yani yakın arkadaşı, sevgilisi, ailesi gibi bire bir onunla görüşen, çok yakın çevresindeyse, gelme ihtimali yüksektir. Şüpheleri üzerine çekmemek adına ve "falan kişi de neden gelmedi?" gibi dedikoduların önüne geçmek için, cenaze evinin yakınlarında olmak ister. Cenaze törenine katılır. Hatta herkes gibi ağlar, sızlar.

Bazen de katil, öldürdüğü kişinin ikinci ya da üçüncü halkasındadır. Bu sefer sırf meraktan gelir. Birtakım şeyleri öğrenme ihtiyacı hisseder.

Acaba şu an, olay yerinde neler oluyor?
Polis belli bir noktaya gelmiş mi?
İnsanlara ne soruyorlar?
Kimden şüpheleniyorlar?
Beni arıyorlar mı?

Bu soruların cevabını arar.

Yoksa hiçbir katil, "Ne güzel cinayet işledim! Gideyim, şu eserimi yakından seyredeyim" diye düşünmez.

Neden düşünmesin? Belki adam hem sadist hem de narsisist.

Doğru, kronik ruhsal rahatsızlıkları olan katiller kurbanlarına "sanat eseri" gözüyle bakabiliyor. Bunun en net örneğini bazı seri katil profillerinde görebiliyoruz. Ancak, istisnaları bir yana bırakırsak, temelde yatan motivasyon çoğu zaman merak duygusudur.

Olay yerine geri dönen katile siz hiç rastladınız mı?

Evet, iyi ki gelmişti ve bu sayede onu kıskıvrak yakalamıştık.

* * *

1993'ün başlarıydı. Bir süredir, gecekondu mahallelerinde, peşinde olduğumuz suçlunun izini sürüyorduk. Epey zorlanmıştık, ama iki aylık çalışmamız karşılığını vermiş ve faili yakalamayı başarmıştık.

O yorgunluğun üzerine derin bir oh çekmiştik ki, Sarıyer Karakolu'ndan arkadaşlar yeni bir cinayetin haberini verdi.

"Meşhur reklamcı ve mankenlik ajansı sahibi Deniz Tüney, evinde ölü bulunmuş."

"Evi nerede?"
"Baltalimanı Caddesi No. 31/17."

Bizde işler böyle. Biri bitmeden diğeri başlar.
Ekipteki arkadaşlar "sevindi".
"Neden seviniyorsunuz?" diye sordum.
"En azından deniz kenarında. Güzel bir Boğaz havası alır, geliriz" dediler.
Haklılar, çünkü iki aydır gecekondu mahallelerinde yatıp kalkıyorduk.
Haberi alır almaz yola çıktık ve kısa sürede olay yerine ulaştık. Araçtan indiğimizde esen soğuk rüzgârla kendimize geldik. Hava açıktı, güneş vardı, ama İstanbul'un havası işte; hiçbir zaman göründüğü gibi olmaz.
31 numaralı Hisar Palas Apartmanı'na girdik. En üst kattaki 17 numaralı daireye çıktık. Ev muhteşemdi. Boğaz'a nazır, nefis bir manzarası vardı.
"İnsan böyle manzarası olan bir evde ölür mü?" diye düşündüm o an.
Bırak ölmeyi yaşlanmaz bile!
Sarıyer Karakolu'ndan ekipler olay yerindeydi. İlk bilgileri onlardan aldık.

Deniz Tüney otuz yedi yaşında.
Reklamcılık yapıyor ve mankenlik ajansı sahibi. Magazin dünyasının konuştuğu pek çok manken, onun şirketinde çalışıyor.
Öğle saatlerinde eve gelen temizlikçi kadın, Tüney'i salonda çırılçıplak bir vaziyette ölü olarak bulmuş.

Salonda bir Amerikan mutfak vardı. Mutfak tezgâhının hemen yanındaki yemek masasının önünde Deniz Tüney'in cesedi duruyordu. Yüzüstü, çıplak ve kanlar içinde...

Evde göze batan herhangi bir düzensizlik görmedim. Mücadele ya da boğuşma olmamıştı. Cinayetten ve cesetten artakalan tek iz, masanın üzerinde duran yarısı içilmiş içki bardaklarıydı.

Biz önce asıl malzememize döndük, yani cesedi incelemeye başladık.

"Çıplaktı, yüzüstü yatıyordu ve çok fazla kan vardı" demiştim.

Dört yerinden bıçaklandığını tespit ettik. Yara izlerinin ikisi karnında, biri tam kalbin üzerinde, diğeri de boynundaydı.

Cesedin çıplak olması "cinsel birleşme sonrası işlenen bir cinayet" izlenimi uyandırıyordu. Çünkü cinayet evde işlenmişse, suç aleti bıçaksa ve kurban çıplaksa ilk akla gelen her zaman "ilişki cinayeti" ihtimalidir.

Çok geçmeden, cesedin cinsel organı ve civarında kurumuş sperm lekelerini fark ettik. Bu da tahminlerimizde yanılmadığımızın kanıtıydı.

* * *

Biz cesedi incelerken, kapının dışından feryat figan ağlama sesleri gelmeye başladı.

"Kim bu?" diye sordum.

Arkadaşlar, Deniz Tüney'in kız kardeşi olduğunu söyledi.

Öğrendim ki, o da aynı apartmanda oturuyormuş. Karakol ekibi kadının olay mahalline girmesine izin vermemiş.

Dışarı çıkıp kendimi tanıttım. "Başınız sağ olsun" dedim.

Teşekkür etti.

Konuşmakta zorlanıyordu ama ben sormak zorundaydım.

"Zor bir durum olduğunun farkındayım. Kardeş acısı kolay değil. Ancak abinizin katilini bulmamız lazım. Biz bazı tespitlerde bulunduk. Cinayet, büyük ihtimalle bir cinsel birleşme sonrasında gerçekleşmiş..."

"Abim eşcinseldi" diyerek araya girdi.

Bu cevap soruşturmanın tüm seyrini etkileyen en önemli bilgiydi. Yoksa biz bir kadın üzerinde yoğunlaşacaktık.

Sorumu tamamladım:

"Kiminle ya da kimlerle ilişkisi vardı, bilginiz var mı?"

"Zaman zaman ilişkileri olurdu, ama şu an bildiğim kadarıyla sevgilisi yok."

"Peki, en son sevgilisini tanıyor musunuz?"

"Evet, tanıyorum. ... Hastanesi'nde çalışıyor. Doktor ..."

Doktorun ifadesini almak üzere vakit kaybetmeden hastaneye bir ekip yönlendirdim.

"Abinizi en son ne zaman görmüştünüz?"

"Dün akşam birlikte yemek yedik. Yemekten sonra ajanstan birkaç manken arkadaşla Club 14'e gitti."

Club 14, doksanlı yıllarda genelde eşcinsellerin gittiği elit bir eğlence mekânıydı. Aslında sadece eşcinseller değil, pek çok ünlü ismin gidip sabahlara kadar eğlendiği "marjinal" bir gece kulübüydü. Yeri Taksim-Talimhane'deydi.

Zaten kız "14" deyince kulak kesilmiştim. Libyalı Pilot[3] cinayetini soruştururken oraya defalarca gitmiştim. Sahibini de çok iyi tanıyordum.

Hemen kulübün sahibi Ceylan Çaplı'yı aradım.

"Ceylan, dün akşam Deniz Tüney sende miydi?"

"Evet."

"Ne yapıyordu, ne zaman çıkış yaptı?"

"Mankenlerle eğleniyordu. Saat iki üç gibi mekândan ayrıldılar."

"Birlikte mi ayrıldılar, ayrı ayrı mı?"

"Herkesin arabası vardı. Mankenler önce ayrıldı, Deniz de onlardan beş altı dakika sonra gitti."

"Durumu nasıldı?"

3. *Cinayet Sohbetleri*, "Cesetler Yalnızca Kendileriyle Konuşmasını Bilene Fısıldar", Doğan Kitap, 2014, sf. 171.

"Kafası güzeldi. Hatta bizim valelerden birini şoför olarak vermeyi teklif ettim. 'Yok yok, kendim giderim' dedi. Anladım ki, meydandan laço alacak. O yüzden fazla üstelemedim."

Laço nedir?
Doksanlı yıllarda Taksim Gezi Parkı'nın Talimhane'ye bakan tarafı, para karşılığı eşcinsellerle birlikte olan genç erkeklerin kendilerini pazarladığı bir yerdi. O gençlere "laço" deniyordu.

Kaç yaşlarındaki gençlerden bahsediyorsunuz?
On altı-yirmi yaşlarında, genelde varoşlardan gelen gençler... Orada sabahtan akşama, akşamdan sabaha, sürekli bekleşirlerdi. Müşterileri zaten ayaklarına geliyordu. Parada anlaşırlarsa, ya otele ya da müşterinin evine yollanırlardı.

Neyse, hikâyemize dönecek olursak, Ceylan'a teşekkür ettim, tam telefonu kapatıyordum ki, kaygılı bir ses tonuyla sordu:

"Abi, ne oldu? Neden sordun?"

"Deniz bugün evinde ölü bulundu. Bıçaklanmış ve çırılçıplak halde."

"Yapma ya! Abi, bak, kesin laçolardan biri yapmıştır, sana söyleyeyim."

"Ama Ceylan, hangi laço? Devamlı gittiği, takıldığı biri var mıydı?"

"Abi, Deniz'i bilmiyor muyum sanıyorsun, kimi bulursa onu alıp götürüyor. Bugünlerde laçolar fena azdı. Geçenlerde bizim kulübün müşterilerinden birini dövmüşler."

"Ceylan, bak, kulağına bir şey gelirse mutlaka ara, olur mu?"

"Tamam abi, merak etme sen."

Telefonu kapattık.

"Eyvah!" dedim kendi kendime. "Yandık... Bu da faili meçhul!"

Çünkü o kadar geniş bir dünya ki, adı yok sanı yok. Hem adı olsa bile, büyük ihtimal kendi adı değildir. Samanlıkta iğne aramak gibi bir durumdan bahsediyoruz.

Diğer taraftan bizim arkadaşlar Deniz'in eski sevgilisi olan doktorla konuşmuşlar.

"Doğrudur, Deniz'le ilişkim vardı. Fakat iki aydır görüşmüyoruz, ayrıldık" demiş.

"Dün gece neredeydin?" diye sormuşlar.

"Nöbetteydim" yanıtını vermiş.

Hastane yönetiminden kontrol ettirmişler, gerçekten nöbetteymiş.

Club 14'ten ayrıldıktan sonra Deniz Tüney'in "laço" aldığından nasıl bu kadar emin olabiliyorsunuz? Ya almadıysa? Belki doktor sevgilisi yaptı. Doksanlı yılların dijital olmayan dünyasında nöbet listeleriyle oynamak çok zor olmasa gerek.

Tabii ki, her şey olabilir. O aşamada şüphelerimiz "laço" aldığı yönünde yoğunlaşmıştı. Fakat elimizde net bir bilgi yoktu. Zaman geçiyor ve geçtikçe de aleyhimize işliyordu.

Siz hâlâ Deniz Tüney'in evindesiniz değil mi?

Evet, bütün koordinasyonu Deniz Tüney'in evinden gerçekleştiriyordum.

O arada savcı geldi, hemen arkasından Adli Tıp'tan gelen doktor aramıza katıldı. Onlarla cesedi yeniden inceledik. Olayı derinlemesine tartıştık, ihtimalleri ve yöntemleri konuştuk.

İhtiyaç halinde, ekipleri gerekli kişilerle konuşmak üzere gönderiyordum.

Telsizler, telefon görüşmeleri; canhıraş bir çalışma içindeydik.

Bir ara, Deniz Tüney'in kız kardeşi yanımıza geldi.

Dedi ki: "Abimin arabası yok."

"Nasıl yok?"

"Yok işte! Akşam eve arabasıyla gelmiş olması lazım."

"Plakası, markası aklınızda mı?"

"Evet, kırmızı renkli bir Honda Civic. Spor modellerinden... İki kapılı. Plakası da 34 S ..57."

Elimizde bir ceset, bir de kayıp araba varsa; cinayeti işleyen kişinin o arabayla kaçmış olma ihtimali yüksekti. Hemen plakayı tüm İstanbul'a anons geçtik.

Merkez! 34 Samsun ..57 plakalı, kırmızı renkli Honda Civic marka spor otomobilin, görüldüğü yerde durdurulmasını ve içindekilerin yakalanmasını...

Delillerimizi tekrar gözden geçirdim.

1. Dört yerinden bıçaklanmış çıplak bir ceset.

2. Cesedin cinsel organında ve civarında tespit ettiğimiz sperm izleri. (Demek ki, ölmeden önce cinsel birliktelik yaşanmış.)

3. Kurban bir eşcinsel.

4. Ölen kişiye ait ve çalındığını düşündüğümüz bir otomobil.

5. Olay gerçekleşmeden önce Deniz Tüney'in Taksim'den bir laço aldığına dair şüphe.

Bunlar arasında en çok bel bağladığımız delil, arabaydı. O arabayı mutlaka bulmak zorundaydık.

Ceset morga kaldırıldı. Savcı ve adli tabip tutanaklarını tutup gitti. Bir tek ben ve ekipten arkadaşlar kaldık.

Bir taraftan kulağımız telsizdeydi, diğer taraftan aradığımız aracı sürekli anons etmeleri için merkezdeki arkadaşlara baskı yapıyordum.

Artık evde yapacak bir işimiz kalmamıştı. Arkadaşlara döndüm.

"Hadi, aşağıya inelim de bir şeyler yiyelim. Hem biraz hava almış oluruz" dedim.

Tam aşağıya inmiştik ki, sahil yolundan gelen bir otomobil önümüzde durdu. Aracın içinde iki esmer genç oturuyordu. Direksiyon tarafında oturan çocuk, diğerine bizim içinden çıktığımız apartmanı eliyle işaret ederek bir şeyler anlatıyordu.

Onların iki metre önündeydik. "Ne yapalım, nerede yemek yiyelim?" diye aramızda konuşuyorduk.

Ekipten bir arkadaş, şaşkın bir vaziyette, "Ya şef, bu aradığımız araba değil mi?" diye sordu.

Öyle tuhaf bir durum ki; bütün İstanbul'a o arabayı arattırıyorsun, ama araba senin önünde duruyor, fark edemiyorsun.

"Anam!" dedim. "Bizim Honda Civic bu!"

Siz hemen silahlarınızı çektiniz tabii. "Kaldır ellerini! İn arabadan! Ellerini görebileceğim bir yere koy!" bağırtıları eşliğinde...

Hayır, o sahnelere genelde filmlerde rastlarız. Zaten her şey birkaç saniyede gerçekleşti.

Hemen arabanın üzerine atladık. Çocuklar neye uğradığını şaşırdı.

Pat diye kapıları açtık. Bir arkadaş arabanın anahtarını aldı. Paldır küldür çocukları dışarı çıkardık. Yola yüzükoyun bir şekilde yatırdık. Ellerini arkalarından kelepçeledik. Bizim yüzümüzden sahil yolundaki bütün trafik durdu.

Bu gibi durumlarda, çocukları henüz dışarı çıkarmamışken, arabanın anahtarını almak size öğretilen bir şey midir?

Evet. Hemen anahtarı alacaksın. Çünkü kaçarlar, tutamazsın. Orada arkadaş kapıyı açar açmaz bir eliyle ensesinden çocuğu tuttu, diğer eliyle hemen kontakta sallanan anahtarı kaptı.

Diyelim ki, arabanın kapısını açtığınız sırada gaza bastılar. Ne yaparsınız? Hareket eden arabanın üzerine mi atlarsınız? Yoksa arkalarından ateş mi edersiniz?

Suçlu senin ayağına kadar gelmiş. O an durum neyi gerektiriyorsa yaparsın. Tabii ki kendimizin ve çevrenin emniyetini tehlikeye atmadan...

Her zaman ateş etmekten daha emniyetli yollar vardır. Mesela arabanın gittiği yöndeki polis ekiplerine haber verirsin. Onlar da kaçırdı diyelim, bir sonraki ekip devreye girer. Yani bir şekilde yakalarsın. Çünkü şehrin ortasında arabayla kaçmak kolay değildir.

Arabanın kapıları kilitli olsaydı ya da kapıyı açmasalardı, nasıl bir yol izlerdiniz?

Bir kişi aracın önüne geçerek hareket etmelerini engeller, gerekirse silah doğrultur. Diğer kişi de camı kırar.

Arabanın camı nasıl kırılır? Belli bir yöntemi var mı?

Silahın kabzasını vurduğun zaman bütün cam patlar, tuzla buz olur. Bu kadar kolaydır.

* * *

İşin özeti, çok şanslıydık. Tam da, "Bu iş faili meçhul kalacak" diye moralimiz bozulmuşken, cinayetin faili geldi, önümüzde durdu. Allahtan karakol ekibi gitmişti. Bizse her zamanki gibi sivildik. Yoksa evin önüne yanaşamazlardı.

Çocukları İstinye Karakolu'nda bulunan araştırma bürosuna götürürken, telsizle İstanbul'daki tüm ekiplere zafer anonsumuzu geçtim.

Merkez!.. Aranan 34 Samsun ..57 plakalı kırmızı Honda Civic, içindeki iki şahısla beraber Baltalimanı sahil yolunda alındı. Aranmasından sarfınazar edebilirsiniz. Tamam.

Bir anda telsizden üst üste anonslar gelmeye başladı.

"Tam olarak bulunduğunuz noktayı bildirin. Yardımcı ekip istiyor musunuz?" sesleri birbirine karıştı.

"Hayır, ikisini de etkisiz hale getirdik, götürüyoruz" diye karşı anons geçtik.

İstinye'ye geldiğimizde, önce asıl zanlının yanındaki arkadaşını sorguya aldık. Amacımız, diğer sorguya elimizde kuvvetli bilgilerle girmekti.

İlk çocuk, hiç zorluk çıkarmadı. Ne biliyorsa açık açık bizimle paylaştı.

O benim mahalleden arkadaşım. Sabah kendisini bizi yakaladığınız Honda'yla dolaşırken gördüm.

Selam verdim. Beni görünce durdu.

"Araba kimin?" diye sordum.

"Benim" dedi.

"S.ktir lan" dedim. "Sende bu arabayı alacak para ne gezer!"

"Zengin sevgili yaptım oğlum! Hem de Boğaz'da evi var. Bu arabayı bana o aldı."

İnanmadım tabii. Hava atıyor diye düşündüm.

"Atma oğlum, ne Boğaz'ı, ne sevgilisi! Sen bunu çalmışsındır" dedim.

O da bana, "İnanmıyorsan gel, evini göstereyim sana" dedi.

Sevgilisinin evini göstermek için çevreyolundan beni Baltalimanı'na kadar getirdi. Tam anlatıyordu ki, siz kapıları açıp aldınız bizi.

Vallahi abi, bildiğim her şey bu kadar!

"Sen Taksim'de Gezi Parkı civarlarına takılır mıydın?" diye sordum.

"Abi, ben öyle şeyler yapmam, ama o takılır" dedi.

Zaten böyle söyleyince olayın aynı düşündüğümüz gibi gerçekleştiğini anladım.

Sıra asıl zanlıya gelmişti. Bir seksen boylarında, zıpkın

gibi bir delikanlıydı. Hiç lafı eğip bükmeye gerek yoktu. Yekten her şeyi yüzüne karşı söyledim.

"Dün gece Deniz Tüney seni Taksim'den aldı. Eve gittiniz. Evde ne yaptıysanız yaptınız. Ama sonra onu bıçakladın. Sonra arabasını çaldın."

Elin yeterince kuvvetliyse; en başından, olayın tüm hikâyesini eksiksiz bir şekilde sorguladığın kişiye anlatırsın. Böylelikle karşı tarafta şok etkisi yaratırsın.

O an sorguladığın kişi yalan söyleyemeyeceğini anlar ve her şeyi itiraf eder.

Ben çocuğu bildiklerimle ezmeye devam ettim.

"Şeytana uyup bir bok yedin; orası tamam da, neden arabayı çaldın? Üstüne üstlük arkadaşınla evin önüne geliyorsun. Ona da yalan söylüyorsun. Yok efendim zengin sevgilin varmış, yok efendim sana araba almışmış..."

Önce "hık mık" etti. Sonra anladı ki olmayacak, anlatmaya başladı.

"Abi, aslında merakımdan geldim" dedi.

"Arkadaşım sabah beni kızdırdı, çalmışsın sen arabayı dedi. 'Boğaz'da sevgilim var, bana araba aldı' dedim. Ama esas amacım, arkadaşıma evi göstermek değildi. Acaba olay fark edildi mi diye etrafa bakmak istemiştim."

"Peki... O zaman anlat bakalım. Bir de senden dinleyelim olayı."

"Gece iki buçuk-üç civarıydı. Taksim'de müşteri bekliyordum. O geldi."

"Deniz Tüney'i önceden tanıyor muydun?"

"Yok abi, beni ilk kez o akşam aldı. Parada anlaştık, arabasına bindim. Aslında otel istemiştim. Ne olduysa, sonra fikrini değiştirdi. Beni evine götürdü."

"Evde ne oldu?"

"Abi, önce normal ilişkiye girdik, sonra kendisi de boşalmak istedi."

Burada nasıl bir ilişkiden bahsediyoruz? Kim pasif, kim aktif?

Homoseksüel ilişkilerde laço aktif taraftır. Ancak bazen, pasif olan taraf da aktif olmak ister. Yani, "Sen boşaldın, ben de boşalmak istiyorum" der.

Burada da aynı durum gerçekleşmiş. Bizim laço, bıçkın delikanlı havalarında olduğu için, bunu bir hakaret olarak algılamış ve namus meselesi haline getirmiş.

"Bıçkın laço" anlatmaya devam etti:

"Dön arkanı, şimdi de ben yapacağım seni" dedi bana.

Tövbe, tövbe... İbne miyim ben affedersin!

Beni zorladı, ama ben kendimi düzdürmedim.

Mutfak tezgâhındaki bıçağı gözüme kestirdim. Baktım hâlâ zorluyor; aldım bıçağı, iki kere salladım, bana mısın demedi. İki kere daha salladım, sendeledi.

Zaten sonuncusu boğazına denk gelmişti. Olduğu yere yığıldı kaldı. Hırlamaya başladı. O kadar öfkelenmiştim ki, daha fazla bıçak saplamamak için kendimi zor tuttum.

"Şimdi bu ibne ölürse, adam yerine geçer" dedim.

"Zaten kafası güzel, beni hatırlamaz, hem adımı bile bilmiyor, yırtarım ben bu işten" diye düşündüm.

Sonra olaya hırsızlık süsü vermek istedim. Cüzdanını boşalttım. Zaten bir kısmı benimdi o paranın. Bir de arabanın anahtarını aldım.

Çıktım evden, aşağıya indim. Arabaya binip kendi evime gittim.

Ama abi, evde bir türlü uyuyamadım.

"Acaba öldü mü?" diye sabaha kadar kendimi yedim bitirdim.

Merakımdan geri döndüm oraya. Yoksa salak mıyım ben abi! Öyle bir bok yemişim, gelir miyim geri!

Sonrasında zaten size enselendim.

* * *

O zaman bu cinayetten iki sonuç çıkıyor.

1. Eğer cinayet işlediysen, bunu asla kimseye söyleme. Çünkü iki kişinin bildiği sır değildir.

2. Meraktan çatlasan bile, olay yerine geri dönme.

Ama öyle olmuyor. Bütün bunları yapmaya çalışsan bile beceremezsin. Merak, şehvet ve öfke çok kuvvetli ve kışkırtıcı dürtülerdir. Bu dürtüler insanı açık vermeye zorlar ve yakalanırsın.

Aynı, şimdi anlatacağım Nurettin Ada cinayetinde olduğu gibi...

6

Cinayet Masası, delikanlı masasıdır

1995'in Kasım ayıydı. Anadolu yakasının Cinayet Masası bölge amiriydim.

Acıbadem'de Nurettin Ada isimli zengin bir işadamının vurulduğu bilgisi geldi. Ada, Yıldız Sokak'taki evinin önünde, park halinde bulunan Mercedes marka aracının içinde altı kurşunla yaralanmış, sonra kaldırıldığı hastanede hayatını kaybetmiş.

Olay yerine ulaşır ulaşmaz, ortalık karıştı. Telefon üzerine telefon geliyor, amirinden müdürüne herkes cinayeti kimin işlediğini soruyordu.

Nurettin Ada'nın, çevresi geniş, tanınan bir işadamı olduğunu o zaman öğrendim. Üstelik söylediklerine göre, çapkınlığı ve lüks tutkusu herkesin dilindeymiş. Özel uçağıyla sevgililerini gezdirmeler, son model araba merakı vs...

Öldürülen sade bir vatandaş olsa, ne arayan olur ne soran. Maalesef böyle bir dünyada yaşıyoruz.

Bu gibi silahlı infaz olaylarında maktul eğer işadamıysa, akla gelen ilk şey alacak verecek davasıdır. Ada'nın gayrimenkul işleriyle uğraştığını öğrenince, bu konudaki şüphelerim daha da arttı. Özellikle o yıllarda gayrimenkul sektörü, yeraltı dünyasının ve alacak verecek anlaşmazlıklarının en fazla olduğu işkoluydu.

Olay, maktulün evinin önünde gerçekleştiği için, öncelikle evde biri var mı diye kontrol etmek istedim.

Kapıyı genç bir kız açtı. Evin temizlikçisiymiş. Dışarıdaki silah seslerini duymuş ama hiçbir şey görmemiş. Kızdan çok fazla bilgi alamadık. Ya konuşmak istemedi ya da gerçekten hiçbir şeyden haberi yoktu. Çok fazla zorlamadım.

Soruşturmayı iki yönden, eşit ölçüde geliştirmeye karar verdim.

1. Özel hayatı. Çünkü genç kızlarla vakit geçirmeyi seviyor ve çapkın.

2. İş hayatı. Çünkü öldürülme şekli mafya tarzı hesaplaşma yöntemlerine çok benziyor.

O gün nöbetçi Cinayet Masası ekibi olan Komiser Yardımcısı Ogün ile Polis Memuru İrfan'ı Ada'nın özel hayatıyla bağlantılı kişilere yönlendirdim. Bir diğer ekibi ise işyerindeki çalışanlarından bilgi almak ve ortaklarını araştırmak üzere gönderdim.

İş ilişkilerinde şüpheli bir duruma rastlamadık. Özel hayatında ise, hem ilk hem de ikinci eşi sürekli aldatıldıklarından şikâyet ediyordu.

Olayın üzerinden üç gün geçmesine rağmen, bizi suçluya götürecek elle tutulur hiçbir delile rastlayamadık.

Sebebi ne olursa olsun, bir cinayet ilk yirmi dört saat içinde çözülemediyse, geçen her dakika faili meçhul olma yolunda koşar adımlarla ilerliyor demektir. O nedenle, zaman sürekli aleyhimize işliyordu.

Üstelik gazeteler konuyu her gün sayfalarına taşıyordu. Adamın çapkınlıkları ve uçağı olması (doksanlı yılların başlarında özel uçak sahibi olmak büyük ayrıcalıktı) magazincilerin hayli ilgisini çekmişti.

Diğer taraftan Emniyet'te görev değişimleri yaşanıyor, yeni gelen yönetim, "Bu olayı çözemezseniz kendinize yer beğenin" tarzında bir yaklaşım sergiliyordu. Benimse tek amacım, gönderilecek olsam bile, arkamda bir faili meçhul dosyası bırakmamaktı. O nedenle, ekip arkadaşlarımızla beraber üzerimizdeki baskıları bir tarafa bırakıp elimizdeki dosyaya odaklandık.

* * *

Dedik ki: "Biz herhalde bazı şeyleri yanlış yapıyoruz. Olaya çok fazla iş ilişkisi yönünden bağlandık." Bu kez makarayı başa sarıp, soruşturmayı yeniden tanımlamaya çalıştık.

Zengin bir işadamı, akşam saatlerinde evinin önüne arabasını park ediyor. Muhtemelen arabadan inmek üzereyken saldırganla karşılaşıyor.

O sırada ne olduysa saldırgan silahını ateşliyor ve Nurettin Ada tam altı yerinden kurşunlanıyor.

Görgü şahidi yok, parmak izi yok, kimse bir şey bilmiyor...

Eğer olay tesadüfi olarak gerçekleşmediyse, birinin bu adamla çok önemli bir derdi olmalıydı. Bu derdin iki nedeni olabilirdi. Ya para ya da kadın davası.

Önce maktul hakkında ayrıntılı ve objektif bilgiler topladık.

Nurettin Ada kırklı yaşlarda zengin bir işadamı.

Ada Şirketler Grubu'nun sahibi.

Aynı zamanda hobi olarak pilotluk yapıyor.

Özel uçağı var. Gezmeyi tozmayı çok seviyor.

Zaman zaman arkadaşlarını alıp özel uçağıyla İstanbul semalarında turlar atıyor ve hayli çapkın bir kişiliği var. En büyük zaafının kadınlara olan aşırı ilgisi olduğu söyleniyor. Genç kızları sarhoş edip uçağıyla gezdirmesi çevresinin dilinden düşmüyor.

Boşanma sürecinde olduğu ikinci eşi Gülay Ada'yla tekrar görüşmek istedim. İlkinde arkadaşlar evinde görüşmüştü, bu kez kadını bölge amirliğine getirdik.

Neden ayrılmak istediğini sordum. Herkesin bildiği çapkınlık hikâyelerini sıraladı. Ancak laf arasında kurduğu bir cümle aklımı başıma getirdi.

"Evdeki hizmetçiyle bile yatıyordu" dedi.

O an beynimde şimşekler çaktı.

"Ya..." dedim, "biz o kızı tamamen unuttuk!"

Olayın ilk günkü sıcaklığıyla kızın üzerine çok fazla düşmemiştik. Çünkü aklımızda başka türlü şüpheler vardı.

Arkadaşlar kızı evinden alıp bölge amirliğine getirdi.

Eve kimler gelip giderdi?

Nurettin Ada'nın başka sevgilisi var mıydı?

Eşleriyle olan ilişkisi nasıldı?

Bunları bir bir kızdan öğrenmeye başladık.

"Nurettin Ada öyle anlatıldığı gibi biri değil" dedi.

"Bu fikre nasıl vardın?" diye sordum.

"Karı kız işlerini çok severdi" diye yanıtladı.

Bunu zaten biliyorduk. Ama haberim yokmuş gibi sohbete devam ettim.

"Her iki karısından da bu yüzden mi ayrıldı?"

"Evet. Çünkü gözü hep dışarıdaydı. Sürekli başka kadınlarla birlikte olurdu."

Kızın birden sesi titremeye başladı. Durumu anlamıştım. Hemen sordum:

"Peki, seninle hiç beraber olmak istedi mi?"

Önce tedirgin oldu, ama sonra, "Evet, benimle de ilişki kurmuştu" yanıtını verdi.

"Zorla mı, yoksa bilerek, isteyerek mi birlikte oldun?"

"Zorla değil, bir an ben de kapılıp gitmişim. Nasıl olduğunu anlayamamıştım bile..."

"Nasıl oldu? Anlatır mısın?"

"Beni köyümden alıp getirdi buraya. İş verdi, para verdi. O zaman ilk karısıyla evliydi. Çocuğuna bakıcılık yapıyordum. Boşandıktan sonra işler değişti. Eve başka kadınlar getirmeye başladı. Fırsatını bulduğunda orama burama dokunuyordu. Araya mesafe koymayı denedim, beceremedim."

"Köyüne neden dönmedin?"

"İstedim ama yapamadım. Sadece sabrettim."

Kızın kimi kimsesi yoktu. Son derece samimi konuşuyordu. Açıkçası bu işi onun yaptığına dair bir kanı kafamda oluşmadı.

Belki Nurettin Ada'nın uçağıyla gezdirdiği, evine götürüp birlikte olduğu kızları da bulabilirdik, ama bir cinayet soruşturmasına en sıcak ve en olası noktadan başlamak gerekir.

Hislerim bana o sıcak noktanın Gülay'la Nurettin'in ilişkisinde saklı olduğunu söylüyordu. En basitinden, kocasını öldürüp mirastan pay almak gibi bir düşüncesi olabilirdi.

* * *

Ertesi akşam arkadaşlar Gülay Ada'yı yeniden bölge amirliğine getirdiler.

Üzgün, kederli, ama stresli bir hali vardı. Doğaldır, sonuçta ortada bir cinayet var. Stres bunun doğal bir sonucu.

Önce kadının stresini gidermeye yönelik hazırlık sorularıyla işe başladım.

"Nerede doğdu, nerede okudu, nerede büyüdü, ailesiyle ilişkileri nasıldı?" gibi...

Yani genel olarak çok rahat cevap verebileceği konularla ilgili konuştuk.

Bu benim her zaman uyguladığım bir taktiktir. Yani yalana değil, doğruya odaklanmak. Eğer kişinin doğruyu söylerken hangi sinyalleri verdiğini çözersen, yalanı daha kolay yakalarsın. Bunun için, sorguladığın kişiye önce, sorguya konu olan olaya hiç girmeden, doğru cevaplayacağı sorular sorarsın.

Bunun iki faydası vardır:

1. Sorguladığın kişinin doğruları söylerken verdiği sinyalleri gözlemlersin.

2. Sorguladığın kişiyi rahatlatırsın ve esas öğrenmek istediğin konulara da aynı doğruluk ve samimiyette cevap vermeye yönlendirirsin.

Yaptığım şey aslında çok basit. Karşımdaki kişiyi bana doğruyu söylemeye koşullandırıyorum. Kişi, doğru söylemeye odaklanınca, öyle bir an geliyor ki, yalan söyleyeceği sorulara bile refleks gereği doğru cevaplar vermeye başlıyor. Ama bu kısa zamanda oluşabilecek bir durum değil. Hassas ve uzun bir çalışma gerektiriyor.

İlk iki saat sadece hazırlık sorularıyla geçti. Lise maceralarından üniversite sınavına, edebiyat tutkusundan Konya'dan İstanbul'a geliş hikâyesine kadar pek çok konuda sohbet ettik.

Nurettin Ada'yla tanışma noktasına yaklaşırken arada bir kontrol soruları soruyordum. Mesela kocasının evinde gördüğüm bir tablodan bahsettiğimde, sesinin tonu değişiyordu. Hiç üstelemeden hazırlık sorularıma devam ediyordum.

Yani bu iş ufak ufak yoklamalarla oluyor ve sorgulanan kişi istenen kıvama gelene kadar devam ediyor. Bu süreç aynı zamanda muhatabının sana güven duymasını sağlıyor.

Gülay nihayet dördüncü saatin sonunda istediğim kıvama geldi ve her şeyi anlatmaya başladı.

Nurettin Ada bir gün gazeteye ilan veriyor.

Diyor ki: "Hayatımı kaleme alacak bir edebiyatçı arıyorum."

Edebiyat fakültesinden yeni mezun olan Gülay da bu ilanı görüp Nurettin Ada'yla iletişime geçiyor ve randevulaşıyorlar.

Randevu gününde, karşısında alımlı, güzel bir kız görünce Nurettin Ada'nın gözleri parlıyor.

"Sana hayat hikâyemi anlatacağım, sen de bunu yazıp kitap haline getireceksin" diyor ve anlaşıyorlar.

"Peki, senin amacın neydi?" diye sordum Gülay'a.

"Üniversiteden yeni mezun olmuştum ve aileme daha fazla yük olmak istemiyordum. Gazetedeki ilanı görünce şansımı denemek istedim. Teklif ettiği para da güzel olunca, kabul ettim" dedi.

"Ailen şu an nerede?"

"Konya'dalar. Babam otobüs şoförü. Durumları iyi değil, kıt kanaat geçiniyorlar."

"Parada anlaştınız, sonra ne oldu?"

"Hayat hikâyesini anlatmaya başladı. O anlattı, ben yazdım; o anlattı, ben yazmaya devam ettim. Nasıl olduğunu anlayamadan aramızda ilginç bir dostluk başladı."

"Nurettin Ada'ya âşık mı oldun?"

"Hayır, aşk değil. Zaten benden on beş yaş büyüktü. Ama çok hoşsohbet bir adamdı. En azından bende uyanan ilk izlenim böyleydi. Anlattıklarını ve yaşadıklarını dinleyen birinin ona hayranlık duymaması imkânsızdı."

"Tamam, ona hayran oldun. Konuştunuz, muhabbet ettiniz; sonra?"

"Anlaşmamız zaten buydu. O anlatacak, ben yazacaktım. Sonra birleştirip kitap haline getirecektik. Anlattıkları hoşuma gidiyordu, o kadar."

"Sonra?"

"Bir gün bana küçükken yaşadığı yerleri göstermek istediğini söyledi. 'Eminim anlattıklarımı o zaman daha iyi anlayacaksın' dedi. İlk başta temkinli davrandım. Gitmek istemedim. Israr edince, günübirlik olmak şartıyla kabul ettim."

"Nereye götürdü seni?"

"Balıkesir-Susurluk civarında bir köye gittik. Gitmeseydik de olurmuş aslında. Çok fazla ilgimi çektiğini söyleyemem. Dönüş yolunda Adapazarı yakınlarındaki bir otelde yemek yemek için mola verdik. Orada biraz içki içtik."

"Sen sarhoş oldun tabii?"

"Hayır, sarhoş olacak kadar içmedim. Ama eminim içkime ilaç kattı. Çünkü günün geri kalanıyla ilgili kafamda net bir hatıra yok."

"Sonra ne oldu?"

"Sabah gözlerimi otel odasında açtım. Nurettin yanımda yatıyordu. Çırılçıplaktım."

"Ne hissettin?"

"Utandım, kendimden nefret ettim. Ne hissedebilirim ki? Bekâretimi kaybetmiştim. Yanımda tüm pişkinliğiyle yatan o iğrenç gövdeden kurtulmak istedim. Ama olmadı."

"Neden kaçıp kurtulmadın? Seni tutan neydi?"

"Bilmiyorum, yapamadım işte. O sabah tartıştık. Çok ağır sözler söyledim ona. Ağladım, hem de çok ağladım. Kızlığımı kaybetmiştim. 'Ailem beni öldürür, evlenmemiz lazım' dedim."

"O ne dedi?"

"İtiraz etmedi. 'Madem öyle istiyorsun, tamam, evlenelim' dedi. Birkaç gün sonra Konya'ya, ailemin yanına gittim. Onlara durumu anlattım. Birbirimizi sevdiğimizi söyledim."

"Ailenin tepkisi nasıl oldu?"

"Karşı çıktılar, 'Adam senden on beş yaş büyük' dediler, fakat ben diretince ikna olmak zorunda kaldılar."

"Ve evlendiniz."

"Evet."

Tabii Nurettin Ada'nın amacı masumane, bir yastıkta kocamalık bir evlilik değil. Belli ki mecbur kalmış. Belki de kız orada burada kendisine tecavüz ettiğini söyler, ticari itibarı zedelenir diye korktu. Bunları bilemiyoruz. Ama bildiğimiz şey şu ki, evlendikten kısa bir süre sonra yine çapkınlıklarına son hız devam etmiş. Zaten Gülay Ada'nın en büyük şikâyeti buydu.

"Kötü başlamıştık. Evlenme şeklimiz 'namusumu kurtarmak' gibi görünse de, aslında Nurettin'le genç kız hayalleriyle evlenmiştim. Sonra anladım ki, rezillik çıkmasın diye benimle nikâh masasına oturmuş."

"Bu kanıya nasıl vardın?"

"Her gün başka başka kadınlarla birlikteydi. Onları uçaktan indirip otele atıyordu. Evdeki hizmetçi kıza bile sarkıntılık ediyordu. Bir gün çok kötü kavga ettik. Onu sevdiğimi, geçmişe bir sünger çekmemiz gerektiğini söyledim. Güldü bana. 'Ben seninle rezillik çıkmasın diye evlendim' dedi. O an dünyam başıma yıkıldı."

Sorgu iyice duygusal bir hale bürünmüştü. Kimi zaman ağlayarak, çoğunlukla gözleri dolarak anlatıyordu. Ben de ona koşulsuz hak vererek ve bana güven duymasını sağlayarak yaklaştığım için anlattıkça rahatlıyordu.

Konuşmamızın devamında Nurettin Ada'nın kötü bir insan olduğunu çağrıştıran ifadeler sıklaştı. Belli ki, cinayeti kendi kafasında rasyonelleştirmek için çabalıyordu. Bu aslında iyiye işaretti. Eğer sorguladığınız kişi yaptığı işi rasyonelleştirmeye, yani kendince doğru sebepler üretmeye başladıysa itiraf geliyor demektir.

* * *

Gülay bir gün Nurettin'in karşısına dikilip boşanmak istediğini söylüyor. Nurettin boşanmaya dünden razı. Ama iş nafaka konusuna gelince anlaşamıyorlar.

"Haksız mıyım?" diye sordu Gülay.

Tereddütsüz, "Haklısın" diye yanıtladım.

"Evdeki temizlikçiyle, sekreteriyle, ismini bilmediğim daha pek çok kadınla defalarca aldatıldım. Yüklü bir nafaka hakkım değil miydi?"

"Doğru, o kadar şey yaşamışsın sonuçta."

"Ben üsteledim, o direndi. Başının etini yedim, bana mısın

demedi. Sonunda gözümü karartıp aileme içimi döktüm. Sağ olsun, babam İstanbul'a gelip Nurettin'le konuştu ve nihayet yüklü bir çek yazmayı kabul etti. Çeki aldıktan sonra hemen boşanma davası açtım, ama boşanamadık."

"Neden?"

"Çünkü çek karşılıksız çıktı."

"Söylemedin mi, 'Çekin karşılıksız çıktı' diye?"

"Söylemeye çalıştım ama telefonlarıma çıkmadı, eve gelmedi, işyerine gittiğimde sekreterine yok dedirtti."

"Sen ne yaptın?"

"Babamı aradım tabii ki. Çok sinirlendi. Ertesi gün İstanbul'a gelip Nurettin'i buldu. Ama bu kez çok kötü terslemiş babamı. 'Para mara yok size' demiş. Tehditler savurmuş."

"Baban ne yapmış?"

"Babam gururlu adamdır, aşağılanmaya gelemez. 'Ben ona yapacağımı bilirim' deyip gitti."

"Nereye gitti?"

"Babamın otobüs şoförü olduğunu söylemiştim. Kayseri, Konya, İzmir, Ankara, İstanbul hattında çalışıyor. Seferi vardı herhalde. Birkaç gün sonra İstanbul'a geri döndüğünü duydum. Telefonda annem söyledi."

Bir anda kafamda şimşekler çaktı. Şöyle bir silkindim. Gülay'la yaklaşık altı saattir konuşuyorduk ve o ana kadar cinayeti kızın işlediğini düşünüyordum.

Heyecanımı gizleyerek sorularıma devam ettim:

"Neden geri dönmüş baban?"

"İşte otobüs şoförü ya, o yüzden..." dedi ve yüzünün rengi değişti.

Bitirici vuruşu yapmanın zamanı gelmişti.

"Nurettin Ada'yı baban mı öldürdü?" diye sordum.

O an Gülay çözüldü. Ağlamaya başladı.

"Keşke gelmeseydi. 'Yapma' dedim ama dinletemedim" dedi.

"Cinayeti baban mı işledi?" diye sorumu yineledim.

"Meğerse Nurettin'i vurmak için dönmüş..."

"..."

Gülay her şeyi açık seçik anlatmış ama finale kadar cinayetin babasıyla olan bağına dair en ufak bir ipucu vermemişti. Açıkçası ben de çok geç uyanmıştım.

İlk başta "alacak verecek davası" olarak düşünüp başarısız olduğumuz soruşturma, namus davasına evrilmiş, sonunda yeniden "alacak verecek davasına" dönüşmüştü. O çek karşılıksız çıkmasa büyük ihtimalle Nurettin Ada yaşıyor olacaktı.

Cinayeti çözmüştük. Sıra Gülay'ın babasını bulmaya gelmişti.

"Baban şu an nerede?" diye sordum.

"Memlekette olması lazım" dedi.

Komiser Yardımcısı Ogün ile ekipten Akrep İrfan'ı Gülay'ın memleketi Konya'ya gönderdim.

* * *

Bundan sonrasını "Akrep İrfan"dan dinleyelim...

Mesut Amirimin talimatı üzerine Komiser Yardımcısı Ogün'le birlikte Konya'ya gittik. Soruşturma sürecinde bizzat yer aldığım için konuya hâkimdim.

Gülay'ın babasını bulmak zor olmadı. Şansımıza o gün çalışmıyormuş. Adamı elimizle koymuş gibi evinden aldık. Hiçbir şey söylemeden arabaya bindirip İstanbul'a doğru yola çıktık. Her şeyi anlamış olmalı ki, hiç itiraz etmedi.

Yolda konuşmaya başladık. Cinayetin işlendiği gün nerede olduğunu sordum. Önce herkes gibi inkâr yolunu seçti.

"O gün İzmir'deydim, Konya'ya gidiyordum, sonra Mersin'e geçtim, İstanbul'a nasıl gelebilirim" diye çıkıştı.

"Kardeş, burada delikanlı delikanlı konuşuyoruz. Hem

yaptığın iş kötü bir şey değil ki! Senin yerinde olsam ben de aynısını yapardım. Çünkü bu namus davası! Helal olsun sana, adam dediğin böyle olur" dedim.

Olayı "namus meselesi" haline getirmek, erkek şüphelileri konuşturmak için uyguladığımız en klasik taktiktir. Gazı verdikçe karşımızdaki kişi bir kahraman edasıyla her şeyi ballandırarak anlatır.

Adam çözüldü. Nurettin ile aralarında geçen konuşmaları, çek meselesini, memleketten aldığı tabancayı, İstanbul'a dönüşünü, Nurettin'i nasıl vurduğunu en ince ayrıntısına kadar yol boyunca anlattı.

Tabancayı ne yaptığını sordum.

Bolu Dağı'ndaki bir dinlenme tesisinin tuvaletlerinin arkasında bulunan bir ağacın dibine gömdüğünü söyledi.

Geçerken tabancayı da gömdüğü yerden çıkarıp aldık.

İşbirliği için teşekkür ettim. "Elimizden gelen yardımı İstanbul'da da göstereceğimizden emin ol" dedim.

"Eyvallah" diye yanıtladı.

"Cinayet Masası'na ne derler bilir misin?" diye sordum.

"Ne derler?"

"Cinayet Masası delikanlı masasıdır."

"Öyle midir?"

"Evet, şimdi bana anlattığın her şeyi İstanbul'a vardığımızda senden bir daha anlatmanı isteyecekler."

"Ne demek, anlatırım tabii" dedi.

Neredeyse otuz altı saattir ayaktaydık. Bir taraftan direksiyon salla, diğer taraftan adamı sorgula derken, yorgunluktan bitmek üzereydim. Aynada kendi yüzümü görsem, belki tanıyamazdım. Tipim iyice kaymış durumdaydı.

Sabaha karşı üç gibi trafik polisi durdurdu. Ogün, İstanbul Cinayet Masası dedektifi olduğunu söyleyip kimliğini gösterdi.

Ben, "Tamam, geçin" demesini beklerken, polis elindeki feneri gözüme tuttu.

"Senin tipin çok bozuk. Bir de sen çıkar kimliğini, göreyim" dedi

Şaşırdım. Bir insan meslektaşına böyle mi davranır! Arkada katil oturuyor, ona değil, bana kimlik soruyor! Üstüne üstlük, "Tipin bozuk" diyor.

O an kendimi kaybetmişim. Arabadan indim. Silahımı çıkarıp namluyu trafik polisinin ağzına dayadım. Ogün arabadan fırlayıp hemen müdahale etti.

"Ne yapıyorsun abi!" diye çıkıştı.

Sustum.

Haklı çünkü. Beynim dönmüş, ne yapayım! "Senin tipin bozuk, kimliğini göster" diyor. Komiser var yanımızda! Üstelik kimliğini de göstermiş. Var mı ötesi!

Sakinleştikten sonra yolumuza devam ettik. İstanbul'a ulaştığımızda sabah olmuştu. Elimizdeki faili şubeye teslim ettik.

Gülay'ın babası ilk mahkemede "tasarlayarak adam öldürme" suçlamasıyla tutuklanarak cezaevine gönderildi. Gülay ise tutuksuz yargılanmak üzere serbest kaldı.

Hepimizin ağzı kulaklarındaydı. Günlerce süren yorgunluktan eser kalmamıştı. Üzerimize kâbus gibi çöken baskıya ve tacize rağmen soruşturmayı başarıyla sonuçlandırmıştık.

7

Susma hakkımı kullanıyorum

Gülay Ada hiçbir şey söylemeseydi -ki zaten böyle bir hakkı var- katili belki de hiç yakalayamayacaktınız.

Hiç yakalayamazdık demek çok iddialı olur, ama biraz daha fazla zorlanırdık. Kızla ilk konuşmaya başladığımızda zaten konuyla ilgili hiçbir şey anlatmama eğilimindeydi. İlmek ilmek bir halıyı dokurcasına, sabırla ve özenle kızı o noktaya getirmek tam altı saatimi aldı.

Bazısı on beş dakikada çözülür, bazısı on beş saatte; burada da altı saat sürdü. Karşınızdaki kişinin duygusallığından faydalanıp doğru noktalara temas ettiğinizde, yavaş yavaş bunun sinyallerini alabiliyorsunuz.

Bir sorgu diyaloğuna başladığımda, kendimi önce zifiri karanlıkta gibi hissederim. Önemli olan o karanlığın içindeki iğne deliğini görebilmektir. Ancak, bulduğun iğne deliğini muhatabına fark ettirmeyeceksin. Etrafında dolaşacaksın, zaman zaman yoklayacaksın, vazgeçmeden sonuna kadar gideceksin.

Daha hiçbir şey belli değilken, "Hislerim bana, cinayetin sırrının Gülay'la Nurettin'in ilişkisinde saklı olduğunu söylüyordu" diye düşünmüşsünüz. Anlattığınız bütün olaylarda hisleriniz neden hep doğru çıkıyor?

O hisler meslek hayatımda gördüğüm bütün olaylardaki

kalıplardan oluşuyor. Her insan farklı, her olay farklı, ama şaşırtıcı bir şekilde suçlar ve suçlular belirleyici bazı noktalarda birbirlerine çok fazla benziyor.

Hiç hata yapmadım mı! Çok yaptım. O hatalar belki de bu işte daha çok pişmemi sağladı.

Mesela Nurettin Ada cinayetinde ilk başta hata yaptım. O hatanın sebebi, şartlanma ve önyargıydı. Adam zengin, gayrimenkul işiyle uğraşıyor, arabasında kurşunlanarak infaz edilmiş... Önyargılarım beni ilk etapta, "Bu adamı mafya öldürmüştür" noktasına götürdü. Eğer önyargılarımın peşinde koşmaya devam etseydim, hiçbir zaman olayın gerçek failini yakalayamazdım. Çünkü o şartlanmanın içinde kaybolacaktım.

Burada asıl dikkat edilmesi gereken nokta şu: Eski tecrübelerden ve benzerliklerden faydalanacaksın, ama hata yapmaya başladığını hissettiğin an hiç inat etmeyeceksin; makarayı başa sarıp olayı farklı bir gözle değerlendirmeyi bileceksin.

Yanlış gittiğin bir yolda ne kadar çok vakit geçirirsen, geriye dönmek o kadar zorlaşır.

Bu işte zaman kaybetmeye tahammülün olmaz. Çünkü sen yerinde sayarken, geçen her dakika fail senden uzaklaşır.

Gülay Ada'nın sorgusu altı saat, Canavar Can'ın[4] sorgusu ise on dört saatten fazla sürüyor. Üstelik duygusal manipülasyon yöntemlerini gayet yoğun olarak kullanıyorsunuz. Bu, bir nevi psikolojik şiddet değil mi?

Sadece sorgulama sürecinde değil, daha polis merkezinin kapısından girer girmez o psikolojik baskıyı hissedersiniz. Üstelik geldiğin yer Cinayet Masası'ysa, o isim bile başlı başına bir psikolojik baskı aracıdır. Bu son derece doğaldır.

Sorgu konusuna gelince; doğrudur, sorguladığımız kişinin içinde bulunduğu psikolojik durumu kullanıyoruz. Ancak o

4. *Cinayet Sohbetleri*, "Cesetler Yalnızca Kendileriyle Konuşmasını Bilene Fısıldar", Doğan Kitap, 2014, sf. 62.

yıllarda elimizdeki tek enstrüman sanığın konuşmasıydı. Delillendirme teknikleri ve teknolojileri bugünkü kadar gelişmemişti.

Aslında şüpheliden delile ulaşıyorduk. Doğal olarak elimizdeki yegâne malzeme insandı. Oysa zaman içinde doğru noktaya, yani delilden şüpheliye ulaşma noktasına geldik.

Geçmişte elimizde ne DNA analizi yapmak için imkânımız ne de teknik takip yapacak malzememiz vardı. Bırakın DNA'yı, olay yerini fotoğraflayacak makinemiz dahi yoktu. Dolayısıyla iş dönüp dolaşıp yine sorguda şüphelinin konuşmasına ya da görgü tanıklarının ifadesine kalıyordu.

Burada şunun da altını önemle çizmem lazım. Doksanlı yılların Türkiye'sinde, Gülay Ada benim değil de başka birinin eline düşseydi, o kız belki de beş dakika içinde konuşurdu. Ama ben son derece insani yollarla, kızı sorgu odasına bile almadan, ofis ortamında konuştum. O nedenle "şiddet" kelimesi bunun için ağır kaçar.

Cinayet Masası'nda çalışıyorsan en büyük kontrol mekanizman vicdanındır. Ben hep vicdanıma güvendim. Tek amacım cinayete kurban giden insanların kanını yerde bırakmamaktı. Bunu yaparken de olabildiğince en doğru ve insani yöntemleri kullandım.

Kimseyi şiddet uygulamakla suçlamıyorum, ancak uygulanan yöntemin ismi "psikolojik şiddet". Eğer bu yöntem sistematik bir şekilde uygulanıyorsa buna da "işkence" deniyor, öyle değil mi?

İnsanların bazı zaaflarının üzerine gidip, o kişiyi rencide ederek psikolojik travmaya itmeye "psikolojik işkence" diyebiliriz. Ama burada böyle bir şey yok.

Gülay'la ofis ortamında iki arkadaş gibi konuştum. Kızın memleketini, çocukluk yıllarını, ailesini, okuduğu okulları, üniversite yıllarını, okuldaki durumunu, derslerini sordum.

Bana güvenmesini sağladım. Bunların hepsi zaten üç dört saat sürüyor. Ondan sonra yavaş yavaş cinayet olayıyla ilgili bilgi alma noktasına geldim. Bir duygusal manipülasyondan bahsedebiliriz, ama buna işkence demek haksızlık olur.

Aksi halde kimsenin ağzından laf alamazsın. O nedenle belli bir oranda da olsa, karşında oturan şüpheliyi sorularınla manipüle etmek durumundasın. Bunlar tüm dünyada kabul gören sorgu teknikleridir.

Sorgu teknikleri kullanılmazsa, karşımıza şöyle bir diyalog çıkar:

"Adın ne?"

"Mesut."

"Cinayeti sen mi işledin?"

"Hayır."

"Kim işledi?"

"Bilmiyorum."

Bitti. Bu kadar...

"Hadi, güle güle..." dersin ve adamı gönderirsin.

Bu şekilde yapılan sorgulama sadece vakit kaybı olur.

Tekrar bugüne dönersek, artık delilleri bütün açıklığıyla ortaya koyabilen gayet net ve objektif veriler var. O nedenle bundan sonra ister konuş, ister konuşma; hiç önemli değil. Yani konuşup konuşmamak tamamen senin insafına kalmış. Yalnızca kimlik bilgilerini paylaşman yeterli.

Kimlik bilgilerimi paylaşmazsam ne olur?

Paylaşana kadar ya da polis senin adli kimliğini belirleyene kadar gözaltında tutar. Bu süreçte biyometrik bilgilerini (parmak izi, fotoğraf ve DNA gibi) alarak çeşitli karşılaştırmalar yapar. Bütün dünyada böyledir.

Gözaltı süresi bittiğinde ne olur?

Hâlâ kimliğin belirlenemediyse, iş mahkemeye kadar uzar.

Hatta hâkim kimlik tespiti yapılana kadar senin hakkında tedbir kararı verebilir.

Kimlik tespiti çok önemli. Çünkü senin kim olduğunu bilmiyorum. İn misin, cin misin, katil misin, casus musun belli değil.

8

Polise nasıl ifade verilir?

Farz edelim ki, gecenin bir yarısı evime polisler geldi. "Bir konu hakkında ifadenize başvuracağız, sizi merkeze davet ediyoruz" dediler. Birlikte polis merkezine gittik. Beni sorgu odasına aldılar. Karşımdaki sorgucunun, beni bir cinayetle suçladığını fark ettim. Halbuki benim hiçbir ilgim yok. Bu durumda ne yapmam lazım? Kendimi mi savunmalıyım, yoksa susma hakkımı mı kullanmalıyım?

Duruma göre değişir. Eğer gerçekten sen yapmadıysan kendini savunmalısın. Çünkü suçlu ile suçsuzun kendini ifade etme şekli çok farklıdır. Uzman bir sorgucu bunu hemen anlar.

Ama diyor ki: "Cinayet silahında senin parmak izini bulduk." Hadi bakalım! Nasıl savunacağım kendimi?

Evet, diyebilir. Sorgu sırasında sana zarf da atabilir. Ancak, eninde sonunda senden doğruyu söylemen beklenir.

Ama gerçekten silahta benim parmak izim çıkmış olabilir. Bu, tetiği benim çektiğim anlamına gelir mi?

Belki tetiği sen çekmedin, belki birisi sana komplo kurdu. Ancak parmak izi her zaman için "kuvvetli delil" olarak değerlendirilir. Silahta senin parmak izinin çıkmış olması, mutlaka açıklanması gereken bir durumdur.

İyi düşünmen lazım. Belki zamanında arkadaşının silahına dokundun; belki sana husumeti olan birileri var, bir şekilde parmak izini transfer edip sana komplo kurdular. Aklına gelen bütün senaryoları, "böyle oldu" gibi kesin yargılara varmadan polisle paylaşabilirsin. Onlar zaten senin halinden ve tavırlarından işin içinde başka bir iş olabileceğini anlarlar. Zor bir durum, kabul ediyorum; ama yapacak başka bir şey yok.

Yani ben, "Bu işin içinde bir bit yeniği var" desem, polis gidip bunu araştırır mı?

Başka bir olay olsa, "İşte rapor burada, parmak izini buldum, kuvvetli delilim var" deyip savcılığa yazını yazdıktan sonra seni gönderebilir. Ancak, söz konusu olan bir cinayetse ve sen ifadende suçlamaları reddedip başka şüphelerin olduğunu dile getirmişsen, başta savcı polise dönüp sorar: "Zanlının ifadesinde yer alan şüpheleri araştırdınız mı? Verdiği bilgileri teyit ettiniz mi?" der.

Peki, yalan söylüyorum diyelim. Amacım karşımdaki polisi manipüle edip zaman kazanmak. Her söylediğimi gidip araştırmak zorunda mısınız?

Evet, söylediğin her şeyi teyit etmek zorundayız. Seni savcılığa gönderirken hiç boş alan kalmamalı. Zaten boşluk varsa, o dosya muhakkak bize geri döner.

Suiistimale çok açık bir durum değil mi?

Bazen bunu taktik olarak kullananlar çıkabiliyor. Kendini korumak ya da bir şeyi saklamak için yalana başvurduğunu anlarsam; hiç üşenmem, söylediğin her şeyi gider teyit ederim.

Sana dün akşam nerede olduğunu sordum diyelim.

Sen de, "Ahmet'le birlikteydim" cevabını verdin.

Hemen ekibe haber veririm. Ekip Ahmet isimli şahsı bulur. Sözgelimi Ahmet der ki: "Dün Onur bana hiç gelmedi, zaten evde değildim. Ama geçen hafta içinde bir ara uğramıştı."

Bu kez sana sorarım:

"Sen dün akşam Ahmet'le birlikte olduğunu iddia ettin, ama Ahmet öyle söylemiyor. Adam dün akşam evinde bile değilmiş. Onun yanına geçen hafta gitmişsin. Bize neden yalan söylüyorsun?"

Böyle olunca bir yalan söyler, iki yalan söyler, üçüncüsünde kazın ayağının öyle olmadığını görürsün. Söylediğin her şeyi gidip kontrol edersem, yalanın ortaya çıktıkça daha fazla battığını hissedersin ve bir noktadan sonra mutlaka doğruyu söylemeye başlarsın.

Üstelik teyit etmemiz gereken bir durum olduğunda, önce kendi el yazısıyla, sorguladığımız kişinin ifadesini alırız. Yalan söylediği ortaya çıkarsa, bu da belgelenmiş olur.

Ya teyit edilmesi zor bir iddiada bulunuyorsam?

Bu da sorgularda karşımıza çıkan şüpheli davranışlarından biridir.

Mesela der ki: "Ben dün tarlaya gitmiştim."

"Senin oraya gittiğini gören birisi var mı?"

"Yok."

Böyle bir durumu teyit etmek çok zordur. Burada asıl iş, soruşturmacının tecrübesine ve ustalığına kalır. Teyit edilebilen bilgilerin doğruluğu ya da yanlışlığı, teyit edilemeyen bilginin gerçekliği hakkında fikir verebilir.

Yine polisin bana yönelttiği suçlamaya dönecek olursak, tam olarak nasıl bir strateji izlemeliyim?

Polis sana, "Cinayet silahında senin parmak izini bulduk, ne söylüyorsun?" diye sordu.

Sen de dedin ki: "Vallahi bilmiyorum."

Tamam, bilmiyor olabilirsin. Ama parmak izi raporuna göre, sen cinayet silahına temas etmişsin. O temasın hikâyesi mutlaka açıklanmalıdır.

Şunu unutmamak gerekir. Her suçun gerçekleşme hikâyesi sadece bir parmak iziyle açıklanacak kadar basit olmayabilir. Önemli olan, resmin bütününe baktığında parmak izinin, olayın bütünlüğüne ne kadar uyum sağladığıdır.

İlk etapta susma hakkımı kullanıp, kafamı topladıktan sonra anlatsam olmaz mı?

Olur, böyle bir hakkın var. Ama böyle yaparsan, karşı tarafta olumsuz bir algı bırakırsın. Çünkü biliriz ki, sorguladığımız kişiye çok fazla düşünme şansı vermek, alacağımız cevapların kurgu olma ihtimalini yükseltir.

Ama her gün polis merkezine gidip ifade vermiyorum ki! Üzerime bir suç atılmış ve ben şoktayım.

O heyecan ve şok etkisi hesaplanmış duygu durumlarıdır. Sorgucu, söylediklerinin samimiyetini anlamak için, içinde bulunduğun psikolojik şartlardan da faydalanır.

Parmak izi olayını geçtik. Diyelim ki, bir cinayet mahallinde kazağım bulundu. Ama benim olayla en ufak bir ilgim yok. Açıkla bakalım açıklayabilirsen!

Böyle şeyler çok oldu. Sana şöyle sorarım:

"Bu kazak senin mi?"

"Evet, benim."

"Bu kazağı olay yerinde bulduk. Nasıl oldu bu iş?"

Bu soruya mantıklı bir cevap bulmalısın. Ama yalansız.

Balkonda kuruyan kazağımı birisi alıp olay yerine yerleştirmiş olabilir.

Mümkündür. Ya da cinayet senin alt katında işlenmiştir.

Kazak balkondan düşüp rüzgârın etkisiyle alt kattaki daireye girmiştir. Buna benzer tesadüfler çok olur.

Peki, başka hiçbir delil bulunamazsa, sırf olay yerinde benim kazağım var diye suçlu ilan edilir miyim?

Olay yerinde bulunan kazak "ikinci dereceden delil" niteliği taşır. Mutlaka destekleyici başka kanıtların da bulunması gerekir.

Mesela parmak izi birinci dereceden bir delildir. O bile her zaman birini suçlu ilan etmek için tek başına yeterli olmaz.

Kazağın olay yerinde bulunmasının pek çok açıklaması olabilir. Hatta bu açıklamaların birçoğu senin aklına, hayaline bile gelmeyebilir.

Komiserim işin aslı şu: Ben kazağı yıkadıktan sonra kurusun diye balkona asmıştım. Benim kazak iki kat aşağıdaki balkona düşmüş. Orada çalışan temizlikçi, kazağı kendi ev sahibinin zannederek katlayıp gardıroba atmış. Tesadüf bu ya, evin sahibi de alıp giymiş. Meğer bu adamın benim alt kattaki komşu kadınla ilişkisi varmış. O akşam birlikte olmuşlar. Kadının kocası bunları yatakta yakalayınca ikisini de öldürmüş. Benim kazak böylelikle olay yerinde kalmış.

Olmayacak bir senaryo değil. Hatta bazen kader ağlarını öyle bir örer ki, hasbelkader o sabah alt komşunla tartışmış olabilirsin ve apartman sakinleri de bu olaya şahit olmuş olabilir. Ama bütün bunlar hiçbir şeyi açıklayamayacağın anlamına gelemez.

Bugün elimizde yardımcı delil niteliği taşıyan o kadar çok teknolojik imkân var ki, bu gibi yanlış anlaşılmalar çoğu zaman kısa sürede giderilebiliyor.

Mesela, hepimizin ayrılmaz bir parçası olan cep telefonlarıyla kimin, hangi saatte, nerede bulunduğu; orada ne kadar kaldığı ve nereye gittiği bilgilerine ulaşmak çok kolay.

Aynı şekilde artık her yerde bulunan güvenlik kameraları, kredi kartı kullanım bilgileri, kişisel bilgisayarlardan elde edilen ipuçları polise pek çok destekleyici veri sunuyor.

Sonuç olarak, sadece balkona düşen bir kazak yüzünden biri suçlu ilan edilecek olsaydı; polisin de, masumların da işi gerçekten çok zor olurdu.

9

Cinayetten paçayı sıyırmak mümkün mü?

Bu kadar cinayetle karşılaşmış, binlerce ceset ve olay yeri görmüş, yüzlerce katille binlerce saat sorgu yapmış bir dedektif olarak, "kusursuz bir cinayet planı" hazırlayabilir misiniz?

Hayır, hazırlayamam. Çok iyi tasarlanmış cinayetleri çözebiliyor olmam, kusursuz bir cinayet planı hazırlayabileceğim anlamına gelmez. Çünkü ikisi çok farklı şeyler. Benim uzmanlığım, iz sürüp delillere ulaşmak ve peşinde olduğum suçluyu yakalamak.

Katil gibi düşünmek, çok iyi tasarlanmış bir cinayeti çözme konusunda size yardımcı olmaz mı?

Delillendirme konusunda kendi zekâm ve teknik imkânlar dahil, elimdeki tüm enstrümanları kullandığım takdirde o cinayet zaten çözülecektir. Bunun için katil gibi düşünmeye, onun gibi plan yapmaya ihtiyacım yok.

İstisnası yok mu?

Var, seri cinayetler. Çünkü seri katiller kendilerine özgü bir mantık ve motivasyonla o cinayetleri işliyor. Bunun için önce katili seri cinayet işlemeye iten mantığı çözmen gerekir.

Ya katil polis gibi düşünürse?

Zaten bir katil cinayet işlediği andan itibaren, şartlar onu polis gibi düşünmeye iter.

Aklında hep şu sorular vardır:

Acaba bir iz bıraktım mı?
Polis bunu fark eder mi?
Nerede saklanmalıyım?
Polis nereye bakar, nereye bakmaz?
Polis bu durumda ne yapar?

Ancak, katilin polis gibi düşünmesi, onu hata yapmaktan alıkoymaz. Mutlaka bir yerlerde açık verir. Hep öyle olmuştur.

En basitinden, cinayet işleyen bir adam, teslim olmayacaksa eve gider mi? Gitmez, gitmemeli. Çünkü polisin ilk gideceği yer senin evindir. Ama pek çok katili kendi evinde yakaladığımızı hatırlıyorum.

Evine gitmezse, ya en yakın arkadaşına gider ya da memleketine kaçar. Bir nevi bilinçaltı etkisiyle kendini güvenli (!) hissedeceği yerleri tercih eder. Sonra da biz onu elimizle koymuş gibi yakalarız.

Bir başka örnek; dünyada yüz yirmi yıldır parmak iziyle suçlu yakalanıyor. Ancak, hâlâ hırsızlar parmak izi bırakıyor.

Ayrıca, insanlar filmlerden görüp, delil karartmanın ya da delil yerleştirmenin çok kolay bir şey olduğunu zannediyor.

Bardağın üzerindeki parmak izini başka bir yere taşıyanlar.

Öldürdüğü kişinin sosyal medya hesabından intihar mektubu yayınlayanlar.

Cesedi yakarak yok edeceğini sananlar.

Cep telefonu sinyalleri başka yerde gözüksün diye telefonunu başka bir şehirde bırakanlar ya da aramaları başka bir telefona yönlendirenler.

Tasarladıkları kurguya göre hedefteki şahsa mesajlar çekip, polisin aklını karıştırmayı ve farklı anlamlar çıkarmasını amaçlayanlar.

Suçlayacağı kişinin bilgisayarına virüs yardımıyla girip istedikleri delili bırakanlar...

Neler izliyoruz neler!

Kimileri bu filmlerin suçlulara yol gösterdiğini iddia ediyor. Evet, yol gösteriyor olabilir, ama öğrenip kullandıkları yöntemler, bizim onları daha kolay yakalamamızı sağlıyor. Çünkü bir tane delil karartacağım ya da yerleştireceğim derken on tane iz bırakıyorlar.

Delil karartma ya da sahte delil yerleştirme konusunda profesyonel olduğunu düşünen suçlulara ise şunu söylemek istiyorum:

Bu işi dijital yollarla yapıyorsanız, baştan kaybettiniz. Siz ne kadar iyiyseniz, sizden daha iyileri olduğunu unutmayın. Günümüzde sanal dünyada iz sürmek polisin gerçekten uzman olduğu bir konudur.

Dijital olmayan kısımlarda, bazı şartları kendi lehinize değiştirdiğinizi sanabilirsiniz ama her şeyi kontrol etmeniz imkânsızdır.

Nasıl mı?

Yağmur yağar, yerde ayak iziniz kalır.

Olay yerine saç telinizi bırakırsınız. (Normal bir insan günde yüzden fazla saç telini yaşadığı ortama bırakır.)

Bone kullanıp saçınızın dökülmesini kontrol ettiniz diyelim, ama bu kez gözünüzü kaşırsınız, siz fark etmeden kirpiğiniz yerleştirdiğiniz delilin üzerine düşmüştür bile.

Terlersiniz, olay yerine bıraktığınız tek bir damla ter bile yakalanmanız için yeterlidir.

Yere yatıp saklandığınızı düşünürsünüz. Ancak "göbek iziniz" çoktan yerdeki parkeye işlenmiştir. (Bir soruşturmada şüphelilerin hepsinin göbek izini almıştık. Bir kişi hariç – zaten suçlu o kişiydi– kimse ne yaptığımıza anlam verememişti.)

Kapıya kulağınızı dayarsınız, yanağınızla beraber kulak iziniz sizi ele verir. Tuvaletiniz gelir, klozete bütün biyolojik kimliğinizi kazırsınız. (Tutarım demeyin, tutamazsınız. O an yaşadığınız heyecanın etkisiyle mesaneniz kontrolünüzün dışına çıkar. Ya altınıza yaparsınız ya da klozete... Seçim sizin.)

Böyle yüzlerce örnek verilebilir.

İşte bu ve bunun gibi kontrol edemediğiniz alanlardan, biz sizin yaptığınız kurgunun bir ucunu yakalarız. Ondan sonrası kolaydır. Çektikçe her şey deşifre olur.

2015'in Eylül ayında Sarıyer-Maslak Sanayi Sitesi'nde meydana gelen bir cinayet olayı vardı. Katil gece yarısı işyerinde tartıştığı arkadaşını öldürüyor. Cesetten kurtulmaya çalışırken, güvenlik kameralarına yakalandığını fark edince, güvenlik odasına girip kayıt cihazlarını kırıyor. Bununla da yetinmeyip işyerini ateşe veriyor. Delilleri tamamen karartığını düşünen katil, yakınlardaki başka bir işyerinin güvenlik kamerasına yakalanmaktan kurtulamıyor.

Aynı şekilde, bilgisayardan kendisini ele verebilecek izleri sildiğini düşünen suçlular olur. Ama bilmez ki, dijital ortamda silinen verileri geri getirmek çok kolaydır.

Hiçbir şey yapmasa, yakalandıktan sonra işlediği suçu inkâr edip yalan söyler. Yalan, en sık karşılaştığımız delil karartma yöntemidir. Halbuki yalan söylemek dünyanın en zor işidir.

Yalan söyleme kabiliyetine sahip insanlar yok mu? Var tabii ki, ama onlar o kadar az ki; yüz binde, belki milyonda bir.

Ne tür bir yalan söyleme yeteneğinden bahsediyorsunuz?

Vücut sinyalleri alarm vermeden yalan söyleyebilen insanlardan bahsediyorum. Yüzü kızarmayacak, sesi titremeyecek, kalp atışları hızlanmayacak, kaş göz, el kol hareketlerinde normalin dışında bir sapma olmayacak vs.

Onların bile büyük çoğunluğu yalan makinesine bağlandıklarında sinyal verir.

İşin özeti, işlediği cinayeti çeşitli yöntemler kullanarak kendisinden başka yöne itmeye çalışanlar hep olmuştur ve olacaktır. Bizim görevimiz kendi yöntemlerimizle ve tecrübemizle, onların tuzağına düşmemektir.

Kendini bazen öyle bir olayın içinde bulursun ki, açıklayamayacağın durumlar olur. Mesela, evlisindir, bir dostun vardır. Bir akşam onunla ilişkiye girersin. Oldu ya, ilişki sırasında partnerin, başını yanlışlıkla yatağın başlığına çarptı ve öldü. Böyle bir durum nasıl açıklanır? Sana kim inanır?

Her şeyin bir açıklaması vardır. Artık Adli Tıp teknikleri o kadar gelişti, otopsi raporları o kadar çok veriyi sana sunuyor ki, bilimsel olarak açıklanamayan noktalar neredeyse kalmadı gibi.

Kişinin kendisi mi düştü?
Biri mi onu itekledi?
Yoksa kişi sabitken onun başına dışarıdan bir cisim mi atıldı?

Bu sorular yaraya, çarpılan cisme, düşme açısına, düşen kişinin ağırlığına, düşme mesafesine bakılarak kolay bir şekilde yanıtlanabiliyor.

Dünyada bin bir çeşit insan, cinsel yönelim ve fantezi var. Mesela birbirlerine zarar vererek cinsel doyum yaşıyor olabilirler. Bu gibi oyunlar (!) sırasında gerçekleşen ölümleri anlatmak da zor değil midir? Mahkemede, "O da keyif alıyordu, ben de keyif alıyordum. Her şey karşılıklıydı. Sadece biraz kan akıtmak istemiştik" dese, hangi hâkim buna inanır?

Sorgu sırasında öyle hikâyeler anlatan oluyor ki, şaşırıp kalıyorsun. Kimisi gerçekten doğruyu söylüyor, kimisi de daha büyük bir suçun üzerini örtmeye çalışıyor. Ama eğer anlattığın gibi bir "cinsel fantezi oyunu" sırasında gerçekleşen bir ölüm söz konusuysa, şüphelinin kendini anlatması gerçekten çok zor.

Ben her şeye rağmen, ne yaşandıysa dürüstçe anlatılması taraftarıyım. Çünkü kaçarken kendine vereceğin zarar her zaman daha fazladır. Belki ilk etapta kimseyi inandıramazsın, ama bu suçsuzluğunu ispatlayamayacağın anlamına gelmez. Bugünkü imkânlar yetmezse, yarın mutlaka bir yol bulunur.

Adam panikleyip kaçmaya kalkarsa ne olur?

Kaçmaya çalışırsa işlemediği bir suçu üstlenmiş gibi görünür. Başı daha çok derde girer. Yine de kurtulamaz mı? Kurtulabilir, fakat sistemi çok zorlar. Kendini anlatması zorlaşır.

Ayrıca böyle durumlarda öğüt veren çok olur.

"Bak kardeşim, suçsuzsun ama kimse sana inanmaz, en iyisi sen kaç" derler.

Nasıl kaçacaksın! Kolay mı öyle!

"Telefonla konuşma" derler. Ama konuşursun.

"Tanıdık birinin evine gitme" derler. Ama gidersin.

"Başına gelenleri kimseye anlatma" derler. Ama anlatırsın.

Adım gibi biliyorum, bunların hepsini yaparsın. En nihayetinde insansın çünkü. Mutlaka bir yerlerde açık verip yakalanırsın.

Filmlerdeki gibi kolayca kaçabileceklerini sanıyorlar. Paran yoksa nereye kaçacaksın! Paran olsa bile çok zor.

Yurtdışına kaçmak istiyorsun diyelim.

Sahte kimlik ve sahte pasaport çıkartman gerekecek. Peki, bunu kim yapacak? Karanlık insanlar. Onların seni dolandırmayacağı ne malum?

Bir şekilde onu da hallettin diyelim, ya sınırı geçerken yakalanırsan? Hem işlemediğin bir cinayetten dolayı suçlanacaksın, hem de cezan kim bilir kaça katlanacak!

Hadi şansın yaver gitti ve yurtdışına çıktın. Paran da var. Ama o para bir gün bitecek. Hazıra dağ dayanmaz. Hâlâ kaçaksın ve iş bulman çok zor. Üstelik ailenden, sevdiklerinden ve doğup büyüdüğün vatanından uzaktasın.

Açıkçası, ben ömrümün sonuna kadar bu çileyi çekmektense hukuk içinde hakkımı ararım. Suçlu bulsalar bile kaderime razı olur, paşalar gibi cezaevinde yatarım.

Gerçekten suçluysam?

Başınıza ne gelirse gelsin, yapmanız gereken tek şey var. O da her koşulda doğruyu söylemek.

Gerçekten suçluysanız, o suçu kabul edip adalete teslim olmak her zaman en doğru ve en kolay yoldur.

İnkâr ederseniz, eninde sonunda gerçek ortaya çıkar ve alacağınız ceza daha büyük olur. O süreçte yaşadığınız psikolojik çöküntüyle kalırsınız.

Kaçarsanız, bütün hayatı kendinize zehir edersiniz. Çünkü bir ömrü yakalanma korkusuyla geçirmek, hapishanede yatmaktan beterdir.

Gerçekten suçsuzsanız ve sizi işlemediğiniz bir suçtan dolayı itham ediyorlarsa, bütün samimiyetinizle, "Ben bu cinayeti işlemedim" demelisiniz.

Doğruyu söyleyeceksiniz. Sebebi ve sonucu ne olursa olsun, en küçük bir yalana dahi başvurmayacaksınız. Her koşulda, hiçbir bilgiyi gizlemeden doğruyu söylerseniz, adalet mutlaka yerini bulur.

10

Yalanı ortaya çıkarmak, iki soruya bakar

Bir işadamı gece saatlerinde lüks arabasıyla Anadolu yakasında bulunan evine gidiyor. Uygun bir yere arabasını park ettikten sonra, kapısını kilitleyip oturduğu binaya doğru yürümeye başlıyor. Daha apartmana ulaşamadan bıçaklı saldırıya uğruyor ve oracıkta can veriyor.

Karakol ekiplerinin haber vermesi üzerine olay yerine gittik. Arkadaşların yaptığı ilk inceleme sonucunda dört tane derin bıçak yarası tespit edildi. Maktul, bıçaklandıktan kısa süre sonra kan kaybından hayatını kaybetmişti.

İçindeki paralarla birlikte cüzdanı cebinde duruyordu. Elinde para dolu bir çanta taşımıyorsa, gasp ihtimali zayıftı. Ya tesadüfi bir durum ortaya çıkmıştı ya da kendisine biri veya birilerince pusu kurulmuştu.

Gece cinayetlerini oldum olası sevmem. Bende daima, "Faili meçhul kalacak" kaygısı yaratır. Çünkü gecenin karanlığı karabasan gibi olayın üzerine çöker. El fenerleriyle inceleme yaparsınız ve dolayısıyla pek çok detayı atlama riskiniz vardır.

Etrafa toplanan komşularla konuştuk.

Ah vah ediyorlar, "Çok iyi adamdı, çok seviyorduk" diyorlar, başka da bir şey söylemiyorlardı.

"Olayı çözebilecek miyiz, çözemeyecek miyiz?" diye kıvranmaya başladık.

Yukarı çıkıp cenaze evine girdim. Otuz beş yaşlarında bir

karısı ve ilkokula giden bir oğlu vardı. Evde kadının abartılı tepkileri dikkatimi çekti. Ağlıyor, kendini yerden yere vuruyordu.

"Kocası öldürülmüş, tabii ki ağlar" diyebilirsiniz. Ancak buradaki abartı, kadının profiline hiç uymuyordu. Çünkü cinayet olayları karşısında maktul yakınlarının gösterdiği tepkiler; yaşanan coğrafyaya, aile yapısına ve hatta eğitim seviyesine göre farklılıklar gösterir.

Mesela, şehirde yaşayan ve şehir kültürüyle yetişmiş birinin, kırsal kesimin geleneklerine göre ağıt yakması beklenmez. Aksi halde bunu bir yere not edip cebimize koyarız. Bu olayda da neredeyse aynı durumla karşı karşıyaydık.

Kendimi tanıttım ve birkaç soru sormak istediğimi söyledim.

Kadın, ağıt yakarcasına ağlayıp sızlanmasına ara verip, "Tabii ki, buyurun sorun" dedi.

"Başınız sağ olsun. Biliyorum, çok zor bir durum; ama sormak zorundayım. Bildiğiniz bir düşmanınız, şüphelendiğiniz birileri var mı?"

"Hayır, yok."

"Emin misiniz? Kocanıza husumeti olabilecek birileri, tehdit telefonu, yakınlarda yaşanan bir tartışma..."

"Hayır komiser bey, biz kendi halinde bir aileyiz."

"Ailevi sorunlarınız var mıydı?"

"Hayır, çocuğumuzla mutlu bir yuvamız vardı."

O sırada çocukla göz göre geldik. Yaşına rağmen her şeyin farkında olduğu belliydi. Annesine göre daha ağırbaşlı görünüyordu.

Bir ara kadının lavaboya gitmesini fırsat bilerek, "Dün akşam annen bir yere çıktı mı?" diye sordum.

"Çıkmadı, beraber televizyon izliyorduk" dedi.

Ailevi sorunları yok, düşmanları yok, şüphelendikleri kimse de yok! Ancak belli ki, birisi adamın eve geleceği saati öğrenmiş; sonra gitmiş evin önüne, pususunu kurmuş, beklemiş ve adamı öldürmüş. Eğer tesadüfi gerçekleşen bir durum değilse, olay tam anlamıyla planlı bir cinayet gibi görünüyordu.

Hava ağardıktan sonra olay mahallinde bir inceleme daha yaptık. Maktulün kan izleri dışında hiçbir şey bulamadık.

Cinayet bıçakla işlenmişti. Bu gibi olaylarda fail bir an önce cinayet silahından kurtulmak ister. O nedenle çevredeki bütün çöp konteynırlarını bir bir inceledik. Hiçbir şey çıkmadı.

Olay yeri bir şey sunmuyorsa, tümdengelim yöntemine başvurmaktan başka çaremiz kalmaz. Dolayısıyla soruşturmanın rotasını aile ve iş ilişkileri yönünde derinleştirdik.

Önce maktulü soruşturduk. Ailesine bağlı, işinde gücünde olan, varlıklı bir işadamı olarak biliniyordu.

Bir ekibi adamın iş ilişkilerini incelemek üzere görevlendirdim. Çevresinin ve ailesinin bilmediği bir sorunu olabilirdi. Arkadaşlar birkaç gün konu üzerinde çalıştı; fakat elle tutulur, şüpheli bir duruma rastlayamadılar.

Kadının davranışları ise beynimi kemirmeye devam ediyordu. Ters giden bir şeylerin olduğunu hissetmiştim. Eve her gidişimizde, aşırı üzüntü ve ağlama krizleri artık teatral bir hal almıştı.

Her şeyin aşırısı bizim için "şüphe" anlamına gelir. "Acaba o mu öldürdü?" diye düşündüm. Kocası pehlivan gibi kalıplı bir adamdı. Bir kadının bu boyuttaki bir erkeği derin bıçak darbeleriyle öldürmesi çok zordu.

Zaten çocuk da olay saatinde annesinin yanında olduğunu söylemişti. Tamam, çocuğun yalan söylemiş olma ihtimali vardı. Fakat cesetteki bıçak yaraları bir kadının açabileceği yaralar değildi.

Bıçakla yaralama ve öldürme olaylarında bıçağı saplayan kişinin kendini yaralaması çok sık karşılaştığımız durumlardan biridir. Kadının ellerine özellikle dikkat ettim, herhangi bir kesik izi göremedim.

* * *

Günler sonra bir şeyin daha farkına vardım. Kadınla her konuşmaya gittiğimde yanında hep aynı kişi vardı. Komşusuymuş... Samimi oldukları her hallerinden belliydi.

İki gün sonra ekip arkadaşlarımdan, komşu kadını alıp merkeze getirmelerini istedim.

Tabii burada zarf atmalar devreye giriyor. Çünkü bilinmeyenden bilinene gitmeye çalışıyoruz.

Komşu kadın ilk etapta sakindi. Sonra sonra birtakım belirtiler vermeye başladı. Bazı test sorularında ufak tefek heyecan belirtileri gösterdi.

"Aileyi ne kadar zamandır tanıyorsun?"

"Beş senedir tanıyorum."

"Beş senedir aynı yerde mi oturuyorsunuz?"

"Evet, beş senedir komşuyuz."

"Ölen adamın bir sevgilisi olduğunu söylüyorlar, sen hiç böyle bir şey fark ettin mi?"

"Yoo, ben nereden bilebilirim ki!"

"Eve yabancı birileri geliyormuş. Sen tanıyor musun onları?"

"Hayır, ben kimseyi tanımıyorum."

"Nasıl tanımazsın? Hatta beraber pikniğe gitmişsiniz."

"Hayır, piknik değildi o. Bir kere evde görmüştüm sadece."

"Kimi görmüştün?"

"Eve gelen bir erkek vardı."

Halbuki aileye gelen giden hakkında hiçbir bilgim yoktu. Sadece zarf atarak bu aşamaya gelmiştim.

"Kimdi o erkek?"

"Tanımıyorum ama yerini size gösterebilirim."

"Hadi gidelim, şimdi göster."

"Yok yok, ben size yalan söyledim. Aslında eve gelen bir erkek yoktu, onunla dışarıda buluşurdu."

"Neden yalan söylüyorsun? Bak, suçu saklamak da büyük suçtur."

Kadının yüzü kıpkırmızı oldu. Çünkü açık verdiğini kendisi de fark etmişti.

Sorularıma devam ettim:

"Kim kiminle buluşuyordu?"

"İşte o benim en yakın arkadaşım ya, ben de onunla beraber giderdim."

"Nereye giderdiniz?"

"Pardon, aslında biz dışarıda buluşmazdık."

Biz kadını deniyorduk, kadın da bizi deniyordu. Yüzde yüz bir şeyler biliyor, ama söylemiyordu. O zaman karar verdim.

"Ölen kişinin eşini de alalım ve çapraz sorgu yapalım" dedim.

* * *

Ekip arkadaşlarımız bir saat içinde maktulün karısını getirdi. Kadın, büroda komşusunu görünce heyecandan ne yapacağını bilemedi.

Özellikle, uzaktan birbirlerini görebilecekleri bir yere oturttum. Daha ben iki kelime etmeden, maktulün karısı salya sümük ağlamaya başladı.

Dedim ki: "Hiç ağlama! Sana cinayeti falan sormayacağım. Bize sadece buluştuğun erkeğin adını ver, yeter."

Ağlayıp sızlayan kadın, bir anda sustu. Rengi değişti, mimiklerine hâkim olamadı.

Söylediklerimi tekrarladım:

"Biliyorum, senin hiçbir kabahatin yok. Sadece bize buluştuğun adamın ismini ver. Başka hiçbir şey istemiyorum."

Yine sustu.

Aslında yalan söyleyeceği bir alan bırakmamıştık. Koridorun ucunda arkadaşını gördüğü için, el mahkûm, doğruyu söyleyecekti.

Derin bir nefes aldı.

"Tüpçü" dedi.

"Ne tüpçüsü?"

"Mahallenin tüpçüsü."

Ben şaşırdım tabii.

"Tüpçüyle mi?" diye sordum.

Başını öne eğdi.

"Evet" dedi.

"Adı ne?"

Adamın adını söyleyip, "Sitenin karşısındaki gaz dükkânında çalışıyor" dedi.

"Kaç yaşında bu tüpçü?"

"Yirmi yaşında."

"Ne yapıyordun sen bu tüpçüyle?"

"Zaman zaman eve gelirdi, tüp getirirdi. Beraber kahve içerdik."

"Nasıl kahve içerdiniz?"

"Sadece kahve içmezdik. Sohbet ederdik, yemek yerdik. Bazen karşı komşum da gelirdi."

"Hangi komşun gelirdi?"

"Şu anda burada, koridorun sonunda oturan komşum."

"Üç kişi miydiniz?"

"Hayır, dört kişiydik."

"Diğeri kimdi?"

"Gelirken yanında berberin kalfasını da getirirdi."

"O kaç yaşında?"

"On dokuz-yirmi yaşlarında."

"En son ne zaman beraber oldunuz?"

"Bir hafta önceydi."

"Ne yaptınız?"

"Kendi aramızda eğlendik."

"İlişkiye giriyor muydunuz?"

"..."

"İlişkiye giriyor muydunuz?"

Yine sustu. Sonra başını önüne eğerek cevap verdi:

"Evet, girmeye başlamıştık. Ayrı ayrı odalarda eğleniyorduk."

"Peki, ne kadar zamandır böyle bir ilişkiniz var?"

"Yedi sekiz aydır."

"Her hafta geliyorlar mıydı?"

"Haftada bir iki gün geliyorlardı."

* * *

Komşu kadının yanına gittim.

Dedim ki: "Bacım, durum böyle böyle... Komşun hiç direnmedi. Her şeyi anlattı."

"Abi, ne olur, kocama söyleme! Beni bütün sülalemle birlikte öldürür" diyerek gözyaşı dökmeye başladı.

"Merak etme. Sizi zor durumda bırakacak bir girişimin içinde olmayız. Ancak bize her şeyi olduğu gibi eksiksiz anlatman gerekiyor."

"Söz, her şeyi anlatacağım. Ama cinayetle hiçbir ilgim yok, yemin ederim. Lütfen beni bırakın. Kocam benden önce eve gelirse, ona ne derim?"

"Tamam, bırakacağız seni, ama şu tüpçüyle berber kalfasını bir de senden dinleyelim."

"Abi, valla o berber bozuntusuyla bir daha buluşmayacağım. Kocama söylemeyin yeter ki. Tüpçü zaten askere gitti."

"Askere mi gitti?"

"Evet."

"Tamam" dedim. "Serbestsin."

Güle oynaya Cinayet Masası'ndan ayrıldı.

Kadının cinayetle ilgisi yoktu, ama olayın aydınlatılmasında önemli bir rol oynamıştı. O an yazılı ifadesini özellikle almadım. Önceliğim cinayeti çözmekti ve paniğe kapılıp yanlış bir şeyler yapmasını istemiyordum.

* * *

Son düzlüğe girmiştik. Rotayı tekrar maktulün karısına çevirdim.

"Askere gitmiş seninkisi?"

"Evet."

"Nereye?"

"Haftaya birliğine teslim olacak. Şimdi memleketi Sivas'ta."

"Olay günü buluşmuş muydunuz?"

"Evet, sabah çocuğu okula gönderdikten sonra geldi."

"Ne konuştunuz?"

"Kocamla ilgili bazı sorunlardan bahsetmiştim. Amacım onu kötülemek değildi. Sadece dertleşerek kendimi rahatlatmaya çalışıyordum. İstemeden onu dolduruşa getirmişim, şimdi anlıyorum."

"Anlaşılan çocuğu kendine fena halde âşık etmişsin."

"Bana âşık olduğunu biliyordum. Çünkü kocamla aramızda geçen tartışmaları anlatırken hayli öfkeleniyordu. İlk zamanlar bu hali hoşuma da gidiyordu. Hangi kadın ilgiden ve belli bir dozda kıskanılmaktan hoşlanmaz!"

"Peki, sen ona âşık mıydın?"

"Hayır, değildim, ama âşık rolü yapmayı seviyordum. Aslında bu yaşananlar, hem benim hem de komşum için sadece gönül eğlendirmekten ibaretti. Onların da öyle düşündüğünü zannediyorduk. Ama benimki çok duygusal ve bir o kadar da tez canlıydı. Bu denli etkileneceğini tahmin edemedim."

"Olay günü sabahına dönelim. Yine öfkelendi mi?"

"Evet, öfkeliydi. Yakında askere gideceğini biliyordum. 'Bu olayı çözüp öyle askere gideceğim, seni bu adamla yalnız bırakamam' dedi."

"Adam bir tek, 'Bu akşam kocanı öldüreceğim' dememiş. Nasıl anlayamadın?"

"Böyle bir şey yapabileceği aklıma gelmedi. Bana sevgisini ifade etmek için söylüyor zannettim. Kocamı o halde görünce başımdan aşağı kaynar sular döküldü. Her ne kadar aldatıyor olsam da, kocamdı o benim. Çocuğumun babasıydı ve onu hâlâ seviyordum."

"Peki, o akşam neden bana yalan söyledin? Yalan söylemenin bu cinayete seni de ortak edeceğini bilmiyor muydun?"

"Olayın sıcaklığıyla neye uğradığımı şaşırmıştım. Şok yaşıyordum. Yanımda çocuğum vardı; komşular, akrabalar evi doldurmuştu. O ortamda size nasıl söyleyebilirdim?"

"Ama sonunda yakalandın."

"Hem kocamı hem de sevgilimi istemeyerek ateşe attım. Çok ama çok üzgünüm, keşke kocamın yerine beni öldürseydi."

* * *

Hemen Sivas'taki Cinayet Masası'na haber verdik. Zanlının kimlik bilgilerini ve kaldığı adresi bildirdik. Arkadaşlar çocuğu Sivas merkezdeki baba evinde kıskıvrak yakalayıp hemen İstanbul'a gönderdi.

Cinayeti tam zamanında çözmüşüz. O akşam yakalanmasa, ertesi sabah birliğine teslim olacakmış. Ondan sonra işin yoksa askeriyeyle uğraş...

Gelir gelmez çocuğu sorguya aldık. Bizi hiç zorlamadı. Sevgilisiyle tanışma hikâyesini, yaptıkları kaçamakları, nasıl âşık olduğunu, kadının kocasıyla yaşadığı sorunları, adama duyduğu öfkeyi, berberin kalfasını komşu kadınla nasıl tanıştırdığını; her şeyi anlattı.

Velhasıl, kadın tüpçüyle birlikteyken sürekli kocasını çekiştiriyormuş. "Hiç benim değerimi bilmiyor, eve hep geç geliyor, çocuğuyla ilgilenmiyor, bana bağırıyor, kötü davranıyor" diyormuş.

Bu duruma içerleyen tüpçü, "Boşan!" demiş. "Ben evleneceğim seninle."

Kadının derdi evlenmek değil ki, onun derdi gönül eğlendirmek! Boşanmaz, çünkü kocası iyi kazanan bir işadamı. Para kaynağı yani.

Kadın kimi zaman tüpçü çocuğa harçlık veriyormuş. Oğlan kadına âşık ya, üstelik harçlık da alıyor; kendini kadına karşı sorumlu hissetmiş. Böylelikle cinayeti işlemeye karar vermiş.

İfadesini alırken, adama karşı hâlâ öfke doluydu. "Öldürmeyip de ne yapsaydım? Ne karısıyla ne de çocuğuyla ilgileniyordu. Üstelik kötü davranıyordu sevgilime" diyordu.

Çocuk gerçekten çok duygusaldı. Ara ara ağlıyor, konuşmakta zorlanıyordu.

Çay, sigara ikram ettim. Biraz kendine geldi. Ardından olay akşamını sordum.

"Eve geleceği saati biliyordum. Akşamdan apartmanın önünde pusu kurdum. Arabasından indikten sonra karanlık bir köşeye çekip sapladım bıçağı. Öldüğünden emin olunca da kaçtım. O karanlıkta benim yüzümü görme şansı yoktu. Kendisini kimin öldürdüğünü bile göremeden can verdi" dedi.

* * *

Her şey bittikten sonra, berberin kalfasıyla ilişkisi olan komşu kadını, ifadesini imzalamak üzere tekrar merkeze getirdik.

"Komiser bey, ne olur kocama söylemeyin, mahvolurum ben, söylerseniz beni öldürürsünüz" diye hâlâ yalvarmaya devam ediyordu.

Kadının içini tekrar rahatlattım. "Merak etme" dedim.

O sırada kocası –nereden duyduysa– karısının Cinayet Masası'nda olduğunu öğrenmiş. Üzerine bir de o geldi.

"Karın seni defalarca aldatmış. Olay buradan çıktı" diyemiyoruz tabii.

İşin mahkeme safhasında komşu kadının olayı tekrar gündeme geldi mi bilmiyorum. Ama ben kendi kurumum adına o mahremiyeti korudum.

Adamı uygun bir dille yatıştırdım.

"Sizin sitede gerçekleşen cinayet olayıyla ilgili eşinizin bilgisine başvurduk, önemli bir durum değil" dedim.

* * *

Nihayetinde...

Âşık tüpçü tasarlayarak adam öldürmekten tutuklandı.

Berber kalfası ve komşu kadın serbest kaldı. (Sonrasında aile durumu ne olmuştur, bilmiyorum.)

Olayın esas kahramanı olan kadına gelince, o da tutuklandı. Suça azmettirme iddiasıyla hakkında dava açıldı.

11

Kim suçlu?

Karısını aldatan bir adam var diyelim. Bir gün, adam kendi evinde sevgilisiyle kaçamak yaparken, adamın karısı bu ikisini yakalıyor. Karısı o sırada eline ne geçirdiyse kocasına fırlatıyor. Adam kendini korumak isterken karısına bir tokat atıyor. Kadın, başını sehpanın sivri ucuna çarpıp hayatını kaybediyor. Yani olay meşru müdafaa. Nihayetinde suçsuz olan kadın mezara, adamla sevgilisi nikâh dairesine gidiyor. Burada kim suçlu?

Olay aynen böyle gerçekleştiyse, vicdani olarak tabii ki adam ve sevgilisi suçlu. Ama yargıç yasalarla birlikte vicdani kanaatini de devreye sokabilir.

Burada kadının ölümü, diğer iki kişinin faydasına gelişen bir duruma dönüşüyor. Ayrıntılı otopsi raporu "meşru müdafaa" dese bile, hâkim aynı yönde karar vermeyebilir. Bu noktada adamın ve sevgilisinin, başlarına gelen olayı bütün ayrıntılarıyla anlatması ve hâkimi buna mutlaka inandırması gerekir.

Yani her zaman iki kere iki dört etmiyor.

Evet, yaptığımız işin belli bir matematiği yok. Çünkü insan ilişkileriyle ilgili bir konudan bahsediyoruz. Polis de, savcı da, hâkim de, suçu işleyen kişi de, o suçun mağdurları da; hepsi insan. Bir olayda insan varsa, orada iki kere iki her zaman dört etmez.

Böyle durumlarda bize yardımcı olan, tecrübelerdir.

Diyelim ki, bir olay yerine gittin ve baktın ki, ortada bir kadın cesedi var. Tam kırk sekiz yerinden bıçaklanmış.

Bu kırk sekiz bıçak darbesinin ilk anlamı bütün dünyada "çok büyük öfke" demektir. Yani biri ona öfkesini kusmuş.

"Katil kim?" sorusunun cevabı aşağı yukarı bellidir. Ölen kadına öfkesini kusacak kişiyi ararsın. Büyük ihtimalle ya sevgilisidir ya da eşi.

Ancak, "Eve hırsız girdi, kadınla karşılaştı, mücadele ettiler, sonunda hırsız kadını kırk sekiz yerinden bıçakladı" gibi bir senaryoyu ilk etapta düşünmezsin. Çünkü hırsızın amacı bir an önce kaçmaktır. O yüzden, en fazla yaralar. Öldürse dahi, bunu en çok iki üç bıçak darbesiyle yapar.

Her şeye rağmen soruşturmayı "hırsızlık senaryosu" üzerine kurarsan, İstanbul'da hırsızlıktan sabıkalı on bin kişiyi araştırarak işe başlarsın. Eminim bu cinayetin çözülmesi on seneyi bulur.

Olaya "öfke cinayeti" kafasıyla bakarsan, soruşturma alanı birden öldürülen kadının ilk tanıdık halkasıyla sınırlanır.

Hem anlattığınız cinayet vakaları hem de istatistikler gösteriyor ki, insanlar çoğunlukla en yakınındaki kişiler tarafından öldürülüyor. Yani eşiniz Özlem Hanım'ın sizi öldürme ihtimali, benim sizi öldürme ihtimalimden çok daha yüksek. İlginç bir paradoks değil mi?

Evet, istatistiksel olarak sizi öldürecek kişinin birinci halkanızdan, yani aile-akraba halkasından çıkma ihtimali çok yüksek. Sonra arkadaş ve iş halkaları geliyor. Cinayetlerin önemli bir kısmının faili bu üç halkadan çıkıyor.

Dünyanın her yerinde, tanımadığın birinin seni öldürme ihtimali çok düşüktür. En fazla kiminle ya da kimlerle iletişim halindeysen, cinayetle sonuçlanan olaylar çoğunlukla o halkalardan çıkar. Dolayısıyla, bunu bir "paradoks" olarak değil, "doğal sonuç" olarak görmek gerekir.

Evet, dünya tarihi birbirini sırtından bıçaklayan insanların hikâyeleriyle dolu.

Çünkü dostuna karşı tedbir almazsın, seni tehdit eden düşmanına karşı tedbir alırsın. O nedenle düşman sana kolay kolay yaklaşamaz. Ama dostun senin en yakınındadır, belki senin hanendedir, belki de seninle aynı yatağı paylaşıyordur. Ve hırsız evin içindeyse hiçbir zaman kilide ihtiyaç duymaz.

Her zaman bir açık kapı vardır, öyle değil mi? Olayı iki haftadır, üç haftadır, bir aydır araştırıyorsunuz, hâlâ en ufak bir bağlantı bulamadınız. Baktınız ki, yakın çevrede bir kadın cinayeti haberi daha geldi. Yine kırk sekiz bıçak darbesi var. Kırk yedi değil, tam kırk sekiz bıçak darbesi...

O zaman hemen yönünü değiştirirsin. İki cinayet dosyasını yan yana koyarsın ve olay yerlerindeki benzerlikleri sıralarsın.

1. Öldürülen kişilerin ikisi de kadın.
2. İkisi de aynı yaşlarda.
3. İkisi de kırk sekiz yerinden bıçaklanmış.
4. İki cinayet de evde işlenmiş.
5. İki evde de kapı zorlanmamış.

Sonra, cinayete kurban giden iki kadın arasındaki bağlantıları araştırırsın.

1. Birbirlerini tanıyorlar mı?
2. Ortak noktaları var mı? (Akraba ve arkadaş çevreleri, okudukları okullar, çalıştıkları işyerleri, sosyal medyadaki ortak arkadaşlar, konum bildirimleri vs.)

Benzerlikleri tespit edip bağlantıları doğru bir şekilde ortaya koymak, seni cinayetin motivasyonuna götürür. Motivasyondan emin olduğun an, çözüme hızla yaklaşıyorsun demektir.

Bu olayda katil, kurbanın ilk üç halkasından çıkmayabilir. Zaten "ilk üç halka tespiti" sadece "olağan" cinayetler için geçerlidir.

Motivasyonu siyasi çatışma, terör ve savaş olan öldürme olaylarında da aynı tespitleri yapamayız. Seri cinayetler de bu kategoriye girmez. Çünkü bir seri katilin motivasyonu; öldüreceği kişinin hangi halkada olduğundan çok, kendisine biçtiği misyona uygun olup olmamasıyla ilgilidir.

12

"Çıldıracak gibi oluyor, onları öldürüyordum"

1998 yazında, benim bizzat ilgilenmediğim ama bizim ekipteki arkadaşların soruşturduğu bir seri cinayet olayı vardı.

Bağcılar'da iki ay içinde üç mobilyacı, kendi dükkânlarının bodrum katında enselerine kurşun sıkılarak öldürülmüştü. Olay yerlerinde parmak izi yoktu, ancak yapılan balistik inceleme sonucunda kurşunların aynı silahtan çıktığı tespit edildi.

Ayrıca öldürülen mobilyacıların cep telefonlarının çalındığı bilgisi vardı. O yıllarda insanlar cep telefonlarıyla daha yeni tanışmıştı. Çoğu kişi o telefonların sinyallerinden suçluya ulaşılabileceğinin farkında değildi.

Katil, kendi aklınca hırsızlık süsü verip polisin aklını karıştırmak istemiş. İyi ki de öyle yapmış. Çünkü olay, çalınan cep telefonundan gelen sinyal sayesinde çözüldü.

Arkadaşlar kısa sürede bu üç cinayetin faili Seyit Ahmet Demirci'yi Esenler'deki evinde kıskıvrak yakaladı.

Olay bir seri cinayet, yakalanan da seri katil olunca, gazetelerde ve televizyonlarda günlerce yer aldı. Ona "Mobilyacı Katili" ismini taktılar.

* * *

Mobilyacı Katili'ni bu duruma getiren hikâye çok ilginç.

Seyit Ahmet Demirci, çocukluğunu Fatsa'da geçirmiş. Bir

gün, mahalledeki yaşlı bir marangoz, Seyit Ahmet'i ve en yakın arkadaşı Habil'i marangozhanenin bodrumuna indirmiş. Kendisi tacize uğramış, Habil'in de tecavüze uğramasına tanık olmuş. İki çocukluk arkadaşı bu acı hadiseyi kimseye söyleyememiş.

Aradan yıllar geçmiş. Habil üniversite öğrencisi olmuş. Seyit Ahmet de ailesiyle İstanbul'a taşınıp taksi şoförlüğü yapmaya başlamış.

Seyit Ahmet bir gün, üniversitede okuyan çocukluk arkadaşı Habil'in intihar haberini almış. İşte o an mobilyacılardan intikam almaya ant içmiş.

Bağcılar'da müşteri rolü yaparak girdiği üç mobilya mağazasının sahibini enselerine kurşun sıkarak öldürmüş. Hırsızlık süsü vermek için de adamların cep telefonlarını almış.

Üstelik biz yakalamasaydık, öldürdüğü mobilyacı sayısını on bire tamamlayacakmış. Çünkü küçükken Habil'le yaşadıkları o travma sırasında ikisi de on bir yaşındaymış.

Mahkemedeki savunması basında şöyle yer almıştı:

> Bir gün arkadaşım Habil'le beni bodruma indirip üstümüze saldırdı. Ben kaçtım, Habil kurtulamadı. Aradan yıllar geçtikten sonra, Habil'in intihar ettiğini öğrendiğimde küçükken yaşadığımız olay aklıma geldi. Psikolojim bozulmuştu. Çok etkilenmiştim. Gidip o marangozu öldürmek istedim. Sordum, soruşturdum, adam ölmüş. Zaten yaşlı bir adamdı. Ben de diğer mobilyacılardan intikam almaya karar verdim. Kurbanlarım, "Bodrumda başka modeller var" dediklerinde çıldıracak gibi oluyor ve şuursuzca hareket ederek onları öldürüyordum...

Seyit Ahmet önce üç kez idama mahkûm edildi. Sonrasında idam kaldırıldığı için cezası ağırlaştırılmış müebbede çevrildi. Af yasalarıyla ve ceza sisteminde yapılan düzenlemelerle altı yıl yattıktan sonra tahliye oldu.

13

Aramızda dolaşan seri katiller var

Kime seri katil denir?

Belirli bir süreç içinde, arada soğuma dönemleri de olacak şekilde, en az üç insanı öldüren kişiye "seri katil" denir. Çoğunlukla kendilerine bir misyon yüklerler ve bu misyona göre avlarını bulup öldürürler.

Bir olay dizisine "seri cinayet" diyebilmek için, cinayetlerin arasından belirli bir süre geçmiş olması gerekir.

Dolayısıyla, bombalı saldırı düzenleyerek toplu katliam yapana "terörist" denebilir ama "seri katil" denmez. Aynı şekilde cinnet getirip bütün aile fertlerini öldürene de seri katil diyemeyiz.

Üç çeşit seri katil profili vardır.

Bunlardan biri, organize seri katillerdir. Organize seri katillerin hikâyelerine genelde Amerikan filmlerinde rastlarız.

– IQ seviyeleri 120'nin üzerindedir.

– İnanılmaz planlar yaparlar.

– Arkalarında özel izler bırakırlar. Buna seri katilin "imzası" denir.

– Farklı bir misyonları vardır.

– İşledikleri cinayetleri bir oyun gibi görürler.

– Sosyopatlık ve asosyallik yönleri ön plandadır.

– Empati duyguları yoktur.

– Narsisizm duyguları gelişmiştir. Yani kendilerini (çoğu zaman taparcasına) severler.

Organize olmayan seri katillerde belli bir tetikleyici unsur bulunur.

– Geçmişten kalan bir intikam duygusuyla hareket ederler.

– Özel bir misyonları yoktur; ancak belirli, keskin hedefleri vardır.

– Tatmin olmak isterler. O tatmin duygusunu, ancak hedeflerine ulaştıklarında duyarlar.

– Hedeflerine ulaştıklarında dururlar. Yani cinayet işlemeye devam etmezler.

Mobilyacıları öldüren Seyit Ahmet Demirci daha çok organize olmayan seri katil tiplemesine uyuyor.

Üçüncü profil ise, sağlık sisteminde tanımlanmış ruhsal rahatsızlıklarından dolayı seri cinayet işleyenlerdir. Bazılarının ceza sorumluluğu bile yoktur.

Bu profile Türkiye'den en iyi örnek, "Çivici Katil" olarak bilinen Süleyman Aktaş'tır.

Süleyman Aktaş 1986 yılında Antalya'da bir komiseri öldürdü. Akli dengesinin yerinde olmadığı gerekçesiyle beş yıl hastanede yattı. Taburcu olduktan sonra memleketi Denizli'ye yerleşti. Ancak 1994'te yeniden cinayet işlemeye başladı. Kendi köyünden dört kişiyi önce boğdu, sonra kafalarına ve gözlerine çivi çaktı. Polise verdiği ifadede, "Çivi görünce dayanamıyorum, insanların kafalarına çakasım geliyor" demişti. Süleyman Aktaş halen Manisa Ruh Sağlığı ve Hastalıkları Hastanesi'nde kontrol altında tutuluyor.

* * *

1995 yılında biri Kadıköy'de, diğer ikisi de Pendik'te olmak üzere, birkaç ay arayla gerçekleşen ve birbirine çok benzeyen üç cinayet olayı vardı.

Kurbanların hepsi doktor muayenehanelerinde çalışan sekreter kadınlardı. Üçü de çok sayıda bıçak darbesiyle öldürülmüştü. Görgü tanıklarının verdiği ifadeler bir kadını işaret ediyordu ve eşkâller hemen hemen aynıydı. Hatta tariflere uygun bir robot resim çizdirip, o resimleri her yere dağıtmıştık.

Medyayı da kullandık. Kanal D'de yayınlanan, Bilge Egemen ve Ebru Keser'in sunduğu "Devriye" isimli bir *reality* program vardı. Davet ettiler, ben de programa çıkıp olayı anlattım. Robot resmi gösterdim ve gören duyan varsa iletişime geçmelerini istedim. Bazı ihbarlar geldi, fakat sonuç alamadık.

O üç dosya bugün hâlâ faili meçhul olarak duruyor.

Yakalayamadığımız için net konuşamam, ama bana göre o üç cinayeti aynı kadın işledi ve o kadın bir seri katildi. Yaşıyorsa, şu an büyük bir ihtimalle aramızda dolaşıyor.

Bu tarz seri katiller belli bir süre cinayet işlemeye ara verebilir. Buna soğuma dönemi denir. Belki başka bir şehre göç etti, cinayetlerine orada devam etti.

Belki kendince belirlediği misyonunu yerine getirdi ve cinayet işlemeyi bıraktı.

Belki evlendi, çocuk sahibi oldu, bir yerde çalışmaya başladı.

Belki siyasete atıldı, milletvekili seçilip meclise girdi.

Belki de o kadın, şu an kapı komşumuz, belki en yakın arkadaşımız, belki ailemizden biri.

Yani aramızda...

Bence bugün bile o dosya tekrar açılabilir, hatta açılmalı...

Yani aramızda dolaşan bir seri katil olduğunu mu söylüyorsunuz?

Sadece o kadın değil, bugün aramızda dolaşan pek çok seri katil olduğunu düşünüyorum. Çünkü Türkiye'de yakalanan seri katiller iki elin parmaklarını geçmez. Belki biz yakalayamıyoruz, belki de onlar kendilerini çok iyi gizliyor.

Türkiye'de en çok hangi profildeki seri katiller görülüyor?

Türkiye'de ikinci ve üçüncü profiller (organize olmayan ve ruhsal rahatsızlığından dolayı seri cinayet işleyenler) daha fazladır.

Birinci profil (organize seri katiller) bireyselliğin ön planda olduğu toplumlarda daha çok görülür (Amerika, İngiltere, Avustralya, Almanya ve Rusya gibi). Onlar kendilerini gizlemezler. Gerçekleştirdikleri her cinayette kendilerine has izler (imzalar) bırakırlar. Aralıklarla da olsa gündemde kalmak, kendilerinden bahsettirmek isterler.

Türkiye'de organize seri katilleri çok fazla görmememizin sebebi mevcut aile değerlerine, geleneksel toplum yapısına ve sosyal birlikteliğin yoğunluğuna bağlanabilir. Bireysellik arttıkça (ki arttığını görüyoruz) maalesef önümüzdeki yıllarda Türkiye'de de Ted Bundy gibi meşhur canilere rastlama ihtimalimizin yüksek olduğunu düşünüyorum.

Bir de sadece hayvan öldürenler var. Diyelim ki, adam sistematik olarak sarı renkli kedileri öldürüyor. Hatta öldürdükten sonra imza olarak sol ön patisinden bir ağacın dalına asıyor. Buna da seri cinayet denilir mi?

Hukuki anlamda cinayet diyemezsin.

Bir olaya cinayet diyebilmemiz için; o eylemin bilerek, isteyerek ve bir insan tarafından, bir insana karşı işlenmesi gerekiyor.

Belli ritüeller dahilinde, birden fazla sarı kediyi öldüren kişinin durumu, bence her şeyden önce ciddi bir tedaviyi gerektirir. Üstelik böyle birinin insana karşı da her türlü suçu işleyebileceğini düşünüyorum.

Peki, hayvan öldürmenin cezası?

Ceza kanununda hayvan öldürmenin cezası "Mala Zarar

Verme" başlığı altında, "Haklı bir neden olmaksızın sahipli hayvanı öldürme" şeklinde değerlendiriliyor. Üç yıla kadar da hapis istenebiliyor.

Mesela 2015 yılında Eskişehir'de buna benzer bir olay yaşanmıştı. Yirmi bir yaşında bir genç, sahiplendiği kediyi bıçaklıyor, sonra damacanayla kedinin kafasını eziyor. Üstelik bu yaptıklarını cep telefonuyla kaydedip internette paylaşıyor. Mahkeme bu gence üç yıl hapis cezası verdi. Erteleme ya da cezada indirime gidilmedi.

Sahipsiz hayvanı öldürmenin cezası yok mu?

Hayvan sahipsizse maalesef sadece idari para cezası uygulanıyor.

Özellikle çocuklar arasında sinekleri kanatlarından iple bağlayanlar, solucanları kördüğüm yapanlar, karıncaları ezenlere sıkça rastlanıyor.

Evet, buna özellikle dikkat etmek gerekiyor. "Macdonald Üçlemesi" isimli bir teori var. Teorinin sahibi John Macdonald 1963 yılında seri katillerin çocukluğu üzerinde bir araştırma yapmış. Araştırmanın sonucunda üç temel özellik çıkmış.

1. Hayvanlara eziyet etme ya da öldürme
2. Ateşe ilgi duyma, ateşle oynama
3. Altını ıslatma

Tabii ki bu özellikleri taşıyan bütün çocuklar seri katil olacak, cinayet işleyecek diye kesin bir yargı yok. Ancak çok düşük bir ihtimal dahi olsa, ailelerin bu konuya özen göstermeleri lazım. Bir çocukta bu üç semptomun üçü de varsa, mutlaka bir uzmana başvurmalarında fayda var.

"Çocuklar video kamera gibidir. Yedi yaşına kadar ne çekersen yetmiş yediye kadar onu izlersin" derler.

Aileler kendi çocuklarına yedi yaşına kadar sosyalleşme şansı tanımazsa, arkadaşlarıyla bir şeyleri paylaşmayı öğretmezse ya da hayvan sevgisini aşılamazsa; o çocuklar sevgi, paylaşma ve empati gibi birçok vicdani duyguyu (yani seri katillerde olmayan duyguları) çok geç öğreniyor.

O nedenle çocuk yetiştirmek büyük sorumluluk gerektiriyor. Maalesef bu işlerin şakası yok.

14

Robot resim

Seri katil olduğundan şüphelendiğiniz kadını bulmak için robot resim çizdirdiğinizi söylediniz. Robot resmi kimler çizer?

Olay yeri inceleme şubelerinde çalışan, robot resim uygulamasının eğitimini almış polisler vardır. Hatta bu arkadaşların önemli bir kısmı güzel sanatlar fakültesi mezunudur. Görgü tanığının tarifine göre, ellerinde bulunan mevcut kalıpları birleştirerek, ortalama bir yüz imgesi ortaya çıkarırlar.

Yani filmlerde gördüğümüz gibi karakalemi alıp kâğıda çizmiyor mu?

Eskiden daha çok karakalemle çizilen robot resimler varken, günümüzde hem karakalem hem de bilgisayar destekli robot resim uygulamaları kullanılıyor. Çünkü görgü tanığı tasvir ettiği yüzü en fazla birkaç saniye görmüş oluyor. Maalesef insan beyni fotoğraf makinesi gibi değil. Anlık olarak görülen bir yüzü, beynin hemen idrak etmesi ve hafızaya kazıması çok zor.

İstisnalar yok mu?

Var tabii ki. Literatürde "süper tanıyıcılar" diye bir kavramdan bahsedilir. O kişiler unutmuyor. Gördükleri bir yüzün fotoğrafını kendi gözleriyle çekip en küçük ayrıntısına kadar anlatabiliyor.

Ancak normal bir insan, tanık olduğu bir simayı daha önceden gördüğü yüzlerle birleştirerek belli kalıplar üzerinden değerlendirebiliyor.

Örneğin, merkezde ressamlık yapan polis, robot resmi çıkarılacak yüzün ayrıntılarını görgü tanığına tek tek sorar. İhtiyaç halinde elindeki kalıpları gösterir.

Ressamın yönlendirmesiyle tanık şunları söyler:

"Yuvarlak bir suratı vardı, alnı açıktı, gözleri hafif çekikti, kaytan bıyıkları vardı, büyük kemik gözlük takmıştı, burnu küçük ve kalkıktı, burun delikleri belirgindi, ince dudaklıydı, yanakları hafif sarkmıştı..."

Bu bilgilere göre ve elde bulunan kalıpların yardımıyla ortaya bir eşkâl çıkar.

Robot resim için en iyi tarifin kadınlar tarafından verildiğini düşünüyorum. Özellikle bir kadın diğer bir kadını tarif ediyorsa, oldukça detaylı bir eşkâl ortaya çıkabiliyor.

Diğer yandan, toplumların değer yargılarının ve yaşayış şekillerinin de robot resmin başarısını etkilediğini görüyoruz. Örneğin kadın ile erkeğin göz temasında bulunmasının bile tabu olduğu muhafazakâr bir toplumda, görgü tanıklarının verdiği eşkâllerde yanılmalar çok fazla olabiliyor.

Bilgisayarlı sisteme ne zaman geçildi?

Bilgisayar destekli robot resim uygulamaları ABD'de uzun yıllardır kullanılıyor. Ancak Türkiye'de 2000'li yıllardan sonra kullanılmaya başlandı. Çünkü bizim yazılımımız yoktu. Mevcut yazılımlarla yapılan robot resimler ya bir Avrupalıya ya Amerikalıya ya da Japon'a benziyordu. O nedenle çıkan sonuç bize hitap etmiyordu.

2000'li yıllardan sonra farklı milletlerin yüz hatlarını içeren yazılımlar geliştirilince, biz de kullanmaya başladık.

Günümüzde farklı bakış açıları ve farklı görgü tanıklarının ifadeleriyle öyle gelişmiş teknikler uygulanıyor ki, aranan kişinin neredeyse bire bir fotoğrafı çıkarılabiliyor.

Robot resim neden siyah beyaz olur?

İlla ki siyah beyaz olacak diye bir kural yok. Burada önemli olan nokta, robot resmi çizilen kişiyi en basit haliyle göstermektir. Diğer türlü yanılma olabilir.

Mesela robot resim çizilirken adamın gözünü mavi yaptırırsın, ama adam kahverengi gözlüdür. Onu gördüğün sırada adamın gözüne bir şey yansımış olabilir ya da sen yanlış görmüş olabilirsin.

Ayrıca robot resmin hem yapılışı hem de kamuoyu tarafından algılanışı aşamasında basitlik çok önemlidir. Çünkü insan beyni basit, çizgisel hatları daha kolay algılar ve daha kolay hatırlar.

Örneğin, geleneksel çizgi romanların görece daha fazla akılda kalıcı olmasının sırrı renksiz yapısıdır.

15

Kümeste karakol nöbeti

"Karakol kurmak" nedir?

Peşinde olduğumuz kişiyi yakalamak için, o kişinin bulunabileceği muhtemel noktalarda pusuya yatıp beklemeye polislik jargonunda "hücre beklemek" ya da "karakol kurmak" denir. Bu tabiri genellikle operasyonel polisler kullanır.

Birini mevcut dinleme, izleme ve iz sürme teknolojileriyle bulamıyorsak, çoğu zaman başvurulan yöntem "karakol kurmak"tır.

"Ben falan yerde hücreye giriyorum" diye önce telsizle anons geçersin, sonra telsizi kapatırsın. Merkez senin nerede olduğunu bilir, seni aramaz ya da sana yeni görev vermez.

Bu konuyla ilgili başımdan geçen ve hiç unutamadığım bir anı var.

Bugün Sultangazi ilçesinde bulunan Sultançiftliği, seksenli yılların sonunda küçük bir köydü. Anadolu'dan İstanbul'a göçlerin yoğunlaşmasıyla birlikte kocaman bir gecekondu semti haline geldi.

Yol yoktu, sokak yoktu. Alelacele yapıldığı belli olan boyasız tek katlı evler, evlerin etrafında küçük küçük bahçeler, etrafta özgürce otlayan inekler ve şuursuzca gezinen tavuklar vardı.

Adamın biri Sultançiftliği'nde incir çekirdeğini doldurmayan bir sebepten ötürü arkadaşını sokak ortasında bıçaklamış, sonra da ortadan kaybolmuş.

Haber verdiler, ekipteki memur arkadaşımla birlikte olay yerine gittik. Baktık ki, bıçaklanan kişi ölmüş. Olay sokakta gerçekleştiği için, failin kimliği hemen ortaya çıktı. Mahalleliye göre fail, cinayet işlediğinin bile farkında değilmiş. Bıçaklamış ve sonra çekip gitmiş.

"Evi nerede bu adamın?" diye sordum.

Renkli gözlü bir çocuk hevesle atıldı.

"Polis amca" dedi, "ben gösteririm size!"

"İyi, göster bakalım" dedim.

Doğru düzgün yol olmadığı için arabayı olay yerinde bıraktık. Ben ve yanımdaki memur, mihmandar çocukla birlikte zanlının evine doğru yürüyerek gittik. Eve vardığımızda, "Kimseye bir şey söyleme" diyerek çocuğu gönderdim.

Kapıyı kontrol ettik, pencere kenarlarından baktık; evde kimseciler yoktu.

"Bekleyelim" dedim. "Gelince adamı enseleriz."

Ve oracıkta karakol kurmaya karar verdiniz.

Evet, ama ev mahallenin en ıssız köşesindeydi. Kabak gibi ortadaydık ve dikkat çekiyorduk. Beklemek için en müsait yer, evin bahçesindeki kümesti.

Memur arkadaşa, "Hadi giriyoruz" dedim.

"Eve mi?" diye sordu.

"Hayır, kümese..."

Bana "emin misin" bakışı attıktan sonra, görev bilinciyle, "Tamam şef" dedi.

Ne demişler? Emir demiri keser! Yapacak bir şey yok.

Kümese girdik ve tavuklarla birlikte oturup beklemeye başladık.

Bir saat, iki saat, üç saat, beş saat derken; kümeste güneşi batırdık. Biri üzerimizden atlıyor, diğeri elimizi kolumuzu gagalıyor; bir başkası pisliğini yapıyordu. Büyük ihtimalle leş gibi kokuyorduk. Böyle böyle, saat gecenin onu oldu.

Çıkın artık, adam demek ki gelmeyecek. Sabaha kadar bekleyecek haliniz yok değil mi?

Karakol kurmanın kuralları vardır. Gerekirse sabaha kadar bekleriz, hedefe ulaşma ümidimiz devam ediyorsa kesinlikle çıkamayız.

Adam belki, "Etrafta polis var mı?" diye dışarıda bekliyor, evi gözlüyor olabilir; bilemezsin.

Henüz iki yıllık genç bir komiser yardımcısıydım. İşe başlarken ne hayaller kurmuştum, ama hiç kümeste oturup saatlerce bekleyeceğim aklıma gelmemişti.

Saat onu beş geçe beklediğimiz adam nihayet geldi. Nasıl sevindik var ya, anlatamam. Yoksa mecburen sabaha kadar bekleyecektik. Allahtan yaz günüydü. Kış olsa, kümesten donmuş bedenimizi çıkarırlardı.

"Vakit geldi!" dedim memur arkadaşa.

Sekiz saatlik birlikteliğin ardından, tavuklardan müsaade istedik. Kümesten çıkıp eve girdik ve zanlıyı yakaladık.

Hiç direnmedi mi?

Kendinden bile haberi yok gibiydi. Ateş yaksan patlayacak derecede içmişti. Mahallelinin söylediği gibi, yaraladığını sandığı şahsın öldüğünü bilmiyordu. Kavga ettiği arkadaşına saplamış bıçağı, sonra kaçmış gitmiş meyhaneye...

Adamı aldıktan sonra aşağı mahalleye kadar yürüttük. Çünkü araba orada kalmıştı. Tabii bu arada saat gecenin on ikisi oldu.

Telsizle bütün İstanbul'a cinayetin failini yakaladığımızın bilgisini verdim. İstersen yirmi saat kümeste bekle; önemli değil. Sonuca ulaşıp o telsiz anonsunu yaptığın anda bütün yorgunluk biter.

Tabii ki anonsta kümes mevzusuna hiç değinmedim. Yoksa üzerime sinen tavuk kokusuyla şubeye geldiğimde milletin dilinden kurtulamazdım.

Diyelim ki, adam silahlı. Sizi kümeste gördü, hırsız ya da düşmanlarından biri zannetti ve vurdu. Kullandığınız yöntem çok riskli değil mi?

Evet, riskli. Hem de çok riskli. Benzer durumlarda yaralanan, vurulan, hayatını kaybeden arkadaşlarımız oldu. Hepsi de ellerinde bulunan imkânlar dahilinde görevlerini yapmaya çalışıyordu.

Bugün olsa, cep telefonundan tak diye adamın yerini tespit ederdik. Sekiz saat kümeste beklemek zorunda da kalmazdık.

Hep söylüyorum, eskiden delilden suçluya değil, suçludan delile gidebiliyorduk. Çünkü delillendirme imkânlarımız çok kısıtlıydı. Aslında doksanlı yıllar, yeni yöntemleri kullanma konusunda bir tür geçiş dönemi gibiydi.

Mesela DNA testinin bir cinayet soruşturmasında kullanılması ilk kez 1987 yılında İngiltere'de gerçekleşti. Türkiye'de ise tam sekiz yıl sonra, İstanbul'daki bir cinayet olayının aydınlatılmasında kullanıldı. Öyle bir cinayetti ki, günlerce manşetlerden inmedi.

Fatih-Şehremini'de gerçekleşen olayda, iki kız çocuğu feci şekilde öldürülmüş, kızlardan birinin cansız bedenine tecavüz edilmişti.

O dönemdeki büro amirimiz Hakan Aydın Türkeli, cinayeti soruşturması için A Bölgesi'nden Halit Doğan ile ekibini görevlendirmişti.

Arkadaşların başarıyla yürüttükleri soruşturmada tecavüzcü katilin olay yerinde bıraktığı sperm ile şüphelilerden alınan kan örnekleri karşılaştırıldı. Yapılan DNA analizi sonucunda gerçek faile ulaşıldı.

Halit Doğan şu an nerede?

Halit Doğan emekli olduktan sonra Bahçelievler'de bir kahvehane açtı. Orası zamanla Asayiş Şubesi'nin eski ve yeni dedektiflerinin buluştuğu ve tecrübelerin paylaşıldığı bir mekâna dönüştü. İstersen birlikte Halit Doğan'ın kahvehanesine gidip, DNA analiziyle çözülen ilk cinayetin hikâyesini kendisinden dinleyelim.

16

"Cinayetçilerin" kahvehanesi

Başrollerini Şener Şen ile Cem Yılmaz'ın oynadığı ve Yavuz Turgul'un yönettiği 2010 yapımı *Av Mevsimi*'ni izleyenler hatırlar. Filmde Cem Yılmaz'ın "Hayde Gidelum" türküsünü söylediği meşhur bir kahvehane sahnesi vardır. O sahnedeki repliklerden biri şöyle:

"Bak, bu Mustafa Abi mesleğin en sıkı adamlarından biriydi. Bu kahvenin sahibi Halit Abi de öyle. Avcı'nın yanındaki Hasan Abi, Cinayet Masası'nın eskilerindendir. Efsanedirler."

İşte filmdeki o mekâna esin kaynağı olan Halit Doğan'ın kahvehanesindeyiz.

Dışarıda asmalarla süslenmiş bir bahçe, içeride bir çay ocağı ve yeşil çuhalı masalar var. İnsanlar çaylarını içiyor, kimi gazete, kimi kitap okuyor, kimi de dörtlüyü tamamladıysa okey oynuyor.

Görüntüde, Türkiye'nin her yerinde görebileceğimiz normal bir kahvehaneye benziyor. Ancak içerideki kitaplıkta Mesut Demirbilek'le yazdığımız *Cinayet Sohbetleri*'ni epey hırpalanmış bir halde görünce anlıyorum ki, burası bildiğimiz kahvehanelerden değil.

Halit Doğan, sahibi olduğu mekânı şu sözlerle anlatıyor:

"Sabahleyin burası Cinayet Masası'nın karargâhı gibidir. Hem eski 'cinayetçiler' hem de yeniler gelir, burada fikir alışverişinde bulunur. Yeniler eskilere üzerinde çalıştıkları olayları anlatır, eskiler tecrübelerini paylaşır. Pek çok cinayet bu kahvehanedeki sohbetler sırasında çözülmüştür."

Kullandıkları jargonla, birbirlerine hitap etme şekilleriyle ve benzer ilgi alanlarıyla aynı dili konuşan insanların buluştuğu bir sosyal alan burası.

Üstelik Halit Doğan etrafına öyle bir enerji yayıyor ki, daha ilk çayı bitirmeden kendisiyle yıllardır tanışıyormuş hissine kaplıyorum. Anlıyorum ki, onunla iki çift laf edenin o kahvehaneye bir daha gelmemesi imkânsız.

Halit Doğan'a Türkiye'de DNA analiziyle çözülen ilk cinayeti soruyorum.

"Hayhay" diyor ve anlatmaya başlıyor.

17

"Anana *ipret* olsun"

İstanbul Cinayet Masası Emekli Dedektifi Halit Doğan anlatıyor...

1995 yılının Eylül ayıydı. Fatih'in Şehremini semtinde iki kız çocuğunun evde ölü bulunduğu bilgisi geldi. Olay yerine ulaştığımızda ilk bilgileri karakol ekibinden aldık.

"Anne ile baba akşam eve geldiğinde kızları Gönül ve Döndü'nün cesetleriyle karşılaşmış. Gönül on beş, Döndü ise henüz sekiz yaşında. Tecavüz ihtimali kuvvetli."

Evde karşılaştığım manzara çok kötüydü. Özellikle maktul çocuksa, insanın aklına kendi evladı geliyor; daha da çok üzülüyorsun. Savunmasızlar çünkü. "Nasıl bir vicdan bunu yapabilir?" diyorsun.

İşimize dönüp, notlarımızı almaya başladık.

– Büyük kızın (Gönül) cansız bedeni salonun ortasında yarı çıplak bir haldeydi.

– Üzerinde morluklar vardı.

– Cesedin sağ karın boşluğunda mavi tükenmezkalemle "Anana ibret olsun" yazıyordu. Ancak, "ibret" kelimesi "b" yerine "p" harfi ile, "i" harfinin noktası ise daire şeklinde yazılmıştı.

– Cesedin hemen yanında, buruşturularak atılmış yirmi bin liralık (o zamanın parasıyla) banknot vardı.

– Çok net bir tecavüz ve cinayet olayıyla karşı karşıyaydık.

Salona açılan diğer odaya geçtik.

– Sekiz yaşındaki Döndü, boynundan sarı renkli bir çamaşır ipiyle tavandaki çengele asılmış halde cansız sallanıyordu.

– Üzerinde bir bluz, altında da pijaması vardı.

– Bir eliyle boğazındaki ipi, diğer eliyle altındaki pijamayı tutmuştu.

O görüntü hâlâ gözümün önünden gitmez. Sanki ölmeden önce hissettiği korku, yüzüne ve duruşuna kazınmıştı. Boğazındaki ipi tutan eli yaşama sarılırken, düşmesin diye pijamasını tutan eli namusunu korumaya çalışıyordu. Zaten o şekilde ölmüş ve kaskatı kesilmişti.

* * *

Cesetler otopsi için Adli Tıp Kurumu'na götürüldü. Sonrasında arkadaşlar parmak izi taraması yaptılar. Fakat evde yabancı bir parmak izine rastlanmadı.

Evin kapısı sapasağlamdı. Herhangi bir zorlama görünmüyordu. Belli ki, fail zili çalarak eve girebilen, çocukların tanıdığı, bildiği bir kişiydi.

En fazla aklımıza takılan konu ise, büyük kızın cesedinin üzerindeki, "Anana ibret olsun" yazısıydı.

Acaba katil bize bir mesaj mı vermeye çalışıyordu? Yoksa hedef mi saptırmak istiyordu?

Belki de annesinin bir âşığıydı. Kızı üzerinden annesini tehdit ediyor olabilir miydi?

Bu soruların hepsine yanıt bulmalıydık.

Yazıdaki en belirgin özellik, "i" harfinin üzerindeki daire ve "b" yerine "p" harfi kullanılmasıydı. Bunun üzerine, eve kapıyı çalarak girebilecek yetişkin erkek şüphelilerin listesini çıkardık. Listede yer alan toplam yirmi yedi kişiyi sorguladık. Ardından, "form doldurma" bahanesiyle her birinin yazı örneklerini topladık.

Aralarında tepki gösterenler, kendilerini töhmet altında bıraktığımızı söyleyenler oldu. Ama mecburduk. Çünkü bizi faile ulaştıracak en küçük bir ipucu bile, sorguladığımız yirmi yedi kişinin psikolojisinden daha önemliydi.

* * *

Yaptığımız soruşturma neticesinde şüphelerimiz iki kişi üzerinde yoğunlaştı.

Birinci şüpheli: Komşunun çocuğu.
İkinci şüpheli: Ailenin Bartınlı hemşerisi Tahsin.

Aslında komşunun çocuğunda bir numara yoktu. Yazı örneğinde "b" ve "i" harflerini düzgün yazmıştı Ancak sorgu sırasında ne olduysa, "Abi ben yaptım" deyip, bütün suçu üzerine aldı.

"Anlat bakalım" dedim.

Anlattı.

Fakat olay yerini görmüş ve bizzat incelemiş biri olarak, çocuğun anlattığı ayrıntılar olayın işleniş şekline ve sırasına uymuyordu.

Bazen insanlar korktuklarında işlemedikleri bir suçu üstlenebiliyor. O nedenle, "Ben yaptım" demek yetmez, her şeyin yerli yerine oturması ve ispatlanması lazım.

"Serbestsin ama mahalleden ayrılma" dedim.

Güle oynaya merkezden ayrıldı.

Diğer şüpheli Tahsin, ailenin Bartınlı bir hemşerisiydi. Fatih'teki lokantası iflas edince, oto alım satımı işleriyle uğraşmaya başlamış. İstanbul'dan hurda otomobil, kamyon ya da kamyonet alıp tamir ettirdikten sonra Bartın'da satıyormuş. O nedenle sık sık Bartın-İstanbul arasında gidip geliyormuş.

Annenin ifadesine göre, iki kere kendisi, bir kere de eşiyle eve gelmiş. Tahsin'le Bartın'daki köylerine eşya göndermişler. Hatta bir seferinde büyük kız Gönül, adamın bakışlarından hoşlanmadığını söylemiş.

Sorgudan sonra Tahsin'in yazı örneğini aldık. "i" harfinin noktasını daire şeklinde, "b" harflerinin bir kısmını ise "p" şeklinde yazıyordu.

Adamımızı bulmuştuk. Sıra suçunu itiraf etmesine gelmişti.

"Bak Tahsin" dedim. "Durum böyle böyle..."

"Ne yaptıysan, nasıl yaptıysan bize anlatmak zorundasın."

"Vallahi abi, ben bir şey yapmadım" dedi, başka da bir şey söylemedi.

Adamı iki gün gözaltında tutmamıza rağmen sonuç alamadık.

O sırada Adli Tıp Kurumu'ndan cesetlerle ve şüphelilerden aldığımız yazı örnekleriyle ilgili raporlar elimize ulaştı.

Raporlara göre;

– Gönül'ün vajinasında sperm tespit edilmişti.

– Gönül önce boğularak öldürülmüş, sonra tecavüze uğramıştı.

– Döndü asılmadan kaynaklı boğulmayla yaşamını yitirmişti.

– Şüphelilerden aldığımız yazı örnekleriyle ilgili, "İnsan bedeni üzerine yazılan yazılar ile kâğıda yazılan yazılar arasındaki benzerlikler kesin delil yerine geçmez" deniyordu.

Bu son rapor elimizi kolumuzu bağlamıştı. Teknik olarak yeterli delile sahip olmadığımız için Tahsin'i bırakmak zorunda kaldık.

Bırakırken de, "Mahalleden kesinlikle ayrılmayacaksın kardeşim" dedim.

"Tamam abi, gitmem bir yere" diye yanıtladı.

* * *

Gazeteler, televizyonlar her gün "Şehremini Sapığı" başlığı altında bu olaydan bahsediyordu. Başta yönetim olmak üzere, medya baskısını hepimiz üzerimizde hissediyorduk.

"Kızın vajinasından çıkan spermle şüpheli iki kişinin kan örnekleri karşılaştırılırsa, tecavüzcü katilin kim olduğu ortaya çıkar" dedi amirlerimiz.

Biz bilmiyoruz tabii. Kimse bilmiyor! DNA deniyormuş.

Özel bir hastaneyle anlaştık. Hem Tahsin'i hem de diğer çocuğu mahallede buldum. Tuttum kollarından, hastaneye götürdüm. Kan örneklerini tüplere doldurdular. Sonra ikisini de mahalleye geri bıraktım.

Uyarımı tekrar ettim:

"Size ihtiyacımız olabilir, bize sormadan hiçbir yere ayrılmayın."

Bugün DNA testi için ağızdaki tükürük sıvısından alınan küçük bir örnek bile yeterli oluyor. Üstelik beş dakikada sonuçları alabiliyorsun. Ancak 1995 yılında öyle bir imkân yoktu.

Şüphelilerden aldığımız birer tüp kanı Ankara Kriminal Daire Başkanlığı aracılığıyla Hıfzıssıhha Hastanesi'ne gönderdik. Sonuçlar bir hafta sonra elimize ulaştı.

Tahminlerimizde yanılmamıştık. Gönül'ün üzerindeki sperm Tahsin'e aitti. Fakat Tahsin'i ara ki bulasın!

Adam yok, kaçmış...

Bartın'a haber gönderdik, yerel ekipler orada da aramaya başladı.

Tahsin'in ortaya çıkması için bir şekilde hedef saptırmamız gerekiyordu. Oturup bir plan yaptık ve keyifle planımızı uygulamaya koyulduk. Keyifle diyorum, çünkü olay çözülmüştü. Faili yakalamak an meselesiydi.

Önce mahalleden başka başka gençleri şubeye getirdik. Göstermelik bir şekilde sorgulayıp kan örneklerini aldık. Sonrasında tabii ki o kanları döktük.

Mahalleye, "Suçlu üç tane pazarcıymış, onları da yakalamak üzereyiz" diye dedikodu yaydık.

Arada bazı arkadaşlarımızı mahallenin kahvehanesine gönderdik. "Tahsin'e çok eziyet ettik. Meğer adam suçsuzmuş" dedirttik.

Mesaj yerine ulaştı ki, bizim Tahsin Bartın'da ortaya çıktı. Biz tabii gidip hemen aldık kendisini.

Delillerimiz kuvvetliydi. "Yapmadım, etmedim" diyerek elimizden kurtulma imkânı yoktu. Ancak suçunu itiraf ettirmeden de içimiz rahatlamayacaktı.

Aldım karşıma Tahsin'i, konuşmaya başladım:

"Bak Tahsin, bu işi senin yaptığın ortaya çıktı. Artık, ne yaptıysan en ince ayrıntısına kadar bize anlat."

"..."

"Bak güzel kardeşim, ölen kızın üzerinden senin menin çıktı. Gittik Ankaralara, senin kanınla karşılaştırdık."

"..."

Tahsin kilitlendi. Bir kelime bile etmedi.

Yüz ifadesinden anladığım kadarıyla DNA işine aklı yatmamıştı.

Haklı. Nereden bilsin adam!

Bu sefer anladığı dilden konuştum. Zarf attım, o da yedi.

"Tahsinciğim, seninle bir anlaşma yapalım. İşbirliği yaparsan, sen kârlı çıkarsın. Bak, bu yaptığın şeyi normal bir insan yapmaz. Yapsa yapsa bir sapık yapar. Biz savcıyla da konuşuruz. Hâkim seni tımarhaneye gönderir, birkaç yıl yatıp çıkarsın."

"Ama abi..."

"Zaten evin her yerinde parmak izin çıktı."

Heyecanlı heyecanlı cevap verdi:

"Ben eldiven taktım abi! Nasıl parmak izi çıkar?"

İşte bu kadar... Tahsin böylelikle suçunu itiraf etmiş oldu.

"Eldiveni nereden buldun?"

"Sobanın yanında bir hastane eldiveni vardı. Kömür kovasını değiştirmek için kullanıyorlardı herhalde."

Üzerine biraz daha gidince her şeyi bir bir anlattı.

* * *

"Aileyi nereden tanıyorsun?"

"Kızların babası hemşerimdir. Köye götürülecek eşyaları varmış. Rica ettiler, ben de götürdüm. Sonrasında bir kere de eşimle gitmiştik. Ailecek tanışıyorduk yani."

"Olay günü neden evlerine gittin?"

"İşle ilgili bir mesele vardı. Babasıyla konuşacaktım. Kapıyı büyük kız Gönül açtı. Bartın'dan geldiğimi, babasıyla konuşmak istediğimi söyledim. 'Annemle babam yok, ama gelecekler' dedi ve beni içeri buyur etti. Yeni uyanmıştı, belliydi. Sabah mahmurluğuyla duruşundan, bakışlarından tahrik oldum. Aynı annesine benziyordu."

"Annesiyle bir ilişkin var mıydı?"

"Hayır, annesiyle ilişkim yoktu. Ama aileyi tanıyordum. Kadını uzaktan uzağa beğeniyordum."

"O yüzden mi Gönül'ün üzerine, 'Anana ibret olsun' diye yazdın?"

"Evet."

"Sen içeri girdin, sonra ne oldu?"

"Salondaydık. Bir an kendimi tutamadım. Sobanın yanında duran hastane eldivenlerini elime geçirdim. Gönül'e yanaştım. 'Amca, ne yapıyorsun!' dedi. Saçlarını okşadım. Öpmek istedim. 'Amca, yapma!' diye bağırdı. Ama ben zorla öpmeye, okşamaya çalıştım. Bana direndi, bağırmaya başladı. Hemen elimle ağzını kapattım. Biz boğuşurken küçük kız Döndü salona girdi. O da zırlayınca bir an kendimi kaybettim. Gönül hâlâ direniyordu. Bir elimle Gönül'ün ağzını kapatıp diğer elimle boğazını sıktım. Kendinden geçti."

"Öldü mü?"

"Bilmiyorum, ben bayıldı sanmıştım. O sırada Döndü iç odaya kaçtı. Kızın arkasından koştum. Kapının yanındaki masanın üzerinde çamaşır ipi vardı. İpi tavandaki çengele geçirdim ve Döndü'yü astım."

Döndü'nün, bir eliyle boğazındaki ipi çekip, diğer eliyle pijamasının önünü tuttuğu olay yeri fotoğrafını gösterdim.

"Bak Tahsin" dedim, "kız senden korkusundan, namusunu korumak için nasıl ölmüş?"

Ağlamaya başladı.

"Yaptıklarımdan çok pişmanım... İçim parçalanıyor, bir anlık ihtirasın kurbanı oldum" dedi.

"Döndü'yü astıktan sonra ne oldu?"

"Salona geri döndüm. Baygın haldeki Gönül'e tecavüz ettim. En azından ben bayıldığını sanıyordum. Meğer öncesinde ölmüş. Olayın sıcaklığıyla anlayamadım."

* * *

Sıra, doksanlı yılların yasalarına göre yapmak zorunda olduğumuz "olay tatbikatı ve yer gösterme" işlemine gelmişti.

Mesut Demirbilek Başkomiserim ve yanında getirdiği ekiplerle birlikte Tahsin'i olay yerine götürdük. Failin yakalandığını basından öğrenen binlerce kişi, evin etrafında toplanmıştı. Adamı linç etmek istiyorlardı. Bürodan yaklaşık on ekip ve ilçe polisleriyle birlikte çok geniş güvenlik önlemleri aldık. Buna rağmen dört arkadaşımız atılan taşlardan yaralandı ve bazı araçların camları kırıldı.

Tahsin orada tecavüzü ve cinayetleri nasıl işlediğini bir kez daha anlattı.

Bürodaki işlemlerin ardından adamımızı önce savcılığa, oradan da ilk mahkemeye çıkardık.

Suçlar okundu, delillerden bahsedildi.

Hâkim, Tahsin'in suratına bile bakmadan sordu:

"Var mı söyleyeceğin bir şey?"

Tahsin utana sıkıla cevap verdi:

"Efendim, beni Bakırköy'e, tımarhaneye atar mısınız?"

Hâkim sinirlendi. Gözleri fal taşı gibi açıldı.

"Bak kardeşim, ben Edirne'de cezaevi hâkimiydim. Orada senin gibi iki pislik vardı. Onlara her sabah lağımı kazdırır, akşam olunca da kazdıkları yeri kapattırırdım."

"Olsun hâkimim, ben çalışmaktan korkmam ki..."

"Yok yok, onun için değil."

"Ne için hâkimim?"

"Senin gibiler için devlet bize idam yetkisi vermiyor. Oradan belki mikrop kaparlar da ölürler diye..."

Tahsin'in suratı değişti. Simsiyah oldu.

"Beni gardiyanlara ve mahkûmlara bırakmayın hâkimim! Bana orada tecavüz ederler, kolumu bacağımı kırarlar, yaşatmazlar" dedi.

Hâkim bunun üzerine Cumhuriyet Başsavcılığı'na, "zanlının can güvenliği nedeniyle cezaevinde özel tedbir alınması" için yazı yazılmasına karar verdi.

Tahsin karar gereğince Bayrampaşa Cezaevi'nde tek kişilik bir hücreye konuldu. Ancak içeri girdiği akşam intihar haberi geldi.

Resmi kayıtlara göre, montunun kol kısmını yırtarak ip haline getirmiş. O iple de kendini ranzaya asmış.

Belki gerçekten intihar etmiştir ama ben öyle olduğunu sanmıyorum. Bu gibi durumlarda genelde iki ihtimal vardır.

1. Öldürülmüş olabilir. Özellikle küçük çocuklara tecavüz

edenleri içeride yaşatmazlar. Buna tırnak içinde "cezaevi kanunu" denir.

2. Kendisi intihar etmiştir. Çünkü bilir ki "cezaevi kanunu" devreye girecek ve onu içeride öldürecekler. "Onlar yapacağına ben kendi hesaplaşmamı kendi içimde bitireyim" demiş olabilir.

* * *

Cenazeyi Tahsin'in Bartın'daki köyüne göndermişler. Ancak köy ahalisi kabul etmemiş. Bir sürü olay çıkmış. Bunun üzerine cenaze, gecenin geç saatlerinde belediye tarafından Tahsin'in kendi tarlasına gömülmüş.

Sonrasında öğrendik ki, geçmişte de küçük çocuklara taciz konularından birkaç kez başı belaya girmiş ve her seferinde bir şekilde paçayı sıyırmış.

O günkü yer gösterme tatbikatındaki görüntüler ve katilin kendi ağzıyla ifadesi halen internette duruyor. Geçenlerde tekrar baktım. Olay yerine ilk gidişimiz ve zavallı kızların o içler acısı hali gözümün önüne geldi.

Allah kimsenin başına vermesin. Gerçekten çok zor...

18

Kanlı poşet

Halit Doğan, anlattığınız olay çok etkileyiciydi. Özellikle evde karşılaştığınız o korkunç manzara, iki masum kızcağızın yürek yakan hikâyesi; bunlar herkesin kaldırabileceği şeyler değil. Eminim çok daha kötülerini görmüşsünüzdür. Bütün bunlar normal hayatınızı ne yönde etkiledi?

O kadar çok ceset gördüm ki! Hepsi çok kötüydü. Boğulmuş, asılmış, bıçaklanmış, vurulmuş, yanmış, derisi yüzülmüş, bombayla bin parçaya ayrılmış, denizden çıkmış, şişmiş, mumyalaşmış, sineklenmiş, kokuşmuş, kurtlanmış...

Sadece görmüyorsun, olay yerinde onları inceliyorsun, elliyorsun, o keskin ceset kokusunu bütün hücrelerinde hissediyorsun. Ama bir noktadan sonra alışıyorsun. Alışamayanı zaten Cinayet Masası'nda çalıştırmıyorlar.

Midenizin ağzınıza geldiği hiç olmadı mı?

Bizim midemiz o anlamda sağlamdır. Yoksa bu işi yapamazdık. Teşkilatta yirmi beş sene çalıştım, elimiz ayağımız hiç kandan kurtulmadı. Cinayetten cinayete koşturduk durduk.

Fatih'te bir ceset hatırlıyorum. "Bir ceset" diyorum ama ilk bakışta kaç ceset olduğunu anlamak imkânsızdı.

Olay yerindeki karakol ekibine, "Ceset nerede?" diye sordum.

İleride duran iki siyah poşeti işaret ettiler.

İçlerine baktım; manzara çok kötüydü. Kafa, kol, bacak, iç organlar özenle parçalara ayrılmış; poşetlerin içine güzelce istiflenmişti.

Normal bir insan böyle bir görüntüye dayanamaz. Ama dedim ya, bizim için günlük işler bunlar. Cinayet Masası'na gelip, ceset görünce bayılan memuru da, komiseri de çok gördüm. Kimi başka birimlere kaçtı, kimi mesleği bıraktı.

Bu gibi durumlarda parçaları teker teker ayırıp saymamız gerekir. Olay yerindeki ceset sayısını, cesedin cinsiyetini, muhtemel ölüm nedenini öğrenmenin tek yolu budur.

İş başa düşmüştü. Önce iki poşeti de boşalttım. Kafasını, kollarını, bacaklarını, üç parça halindeki gövdesini kaldırıma dizdim. Ne kadar dikkatli olsam da, üstüm başım kan içinde kaldı.

Sokağın ortasındaydık. Gelip geçenler oluyordu. O halimden değil de, başkalarının beni o halde görmelerinden rahatsız olmuştum.

O tedirginliğin üzerine amirimin sesiyle irkildim.

"Halit!" dedi.

"Efendim komiserim?"

"Bu ne hal?"

"Sormayın komiserim..."

"Bırak, uğraşma artık. Adli Tıp gelip alsın."

"Komiserim, zaten yeterince battık. Bırak da uğraşalım."

Amiriniz bile böyle dediğine göre, ceset parçalarıyla biraz fazla haşır neşir olmuşsunuz anlaşılan...

Doğru, herkes böyle uğraşamaz. Ancak bu sayede aynı gün içinde olayı çözüp, faili yakaladık.

"Başarı ter kokar" derler. Uğraşacaksın!

Gerçi bizim başarımız sadece ter kokmuyordu. Uğraştığımız cesetlerin kokusu üzerimize öyle bir siniyordu ki, kelimelerle anlatamam.

Sonra eve gidersin; hanım, çocuklar kaçar senden.

"Baba, git yıkan!" derler.

Ben de ne yapayım, eve girmeden üzerimdekileri kapının önünde çıkarırım. Sonra onları bir poşete koyup ağzını kördüğüm bağlarım. Yıkaması için hanıma bile vermem. Gider, dışarıda yıkatırım.

Cesedin parçalarını kaldırıma dizdiniz. Kaç ceset çıktı?

Tek ceset. Ama görünen insanı her zaman aldatır. O nedenle parçalanmış ceset olaylarında adeta bir yapbozun parçalarını birleştirir gibi cesedi birleştirmelisin.

Mesela iki yerine üç kol çıksaydı, "iki ceset" demek zorundaydık.

Aynı şekilde iki kol var ama ikisi de sağ kol. Belli, çünkü gövdeye oturmuyor. O zaman yine tek ceset diyemezdik.

Toparlayacak olursak;

1. Tek ceset vardı.

2. Ceset bir kadına aitti.

3. Gövdede, kafada, sağ bacakta derin çukurlar bulunuyordu. Ucu sivri, delici bir aletle öldürülmüş olma ihtimali yüksekti.

Cesedi kontrol ettikten sonra, etrafa şöyle bir göz gezdireyim dedim. Cesedin bulunduğu apartmanın çevresinde dolaştım.

Burnuma değişik bir koku geliyordu ama tam olarak anlamlandıramıyordum. Biraz daha yoğunlaşarak burnumun götürdüğü yere gittim.

Zeminde hafif bir ıslaklık dikkatimi çekti. Eğildim, havayı tekrar içime çektim. Aynı az önce parçalarıyla cebelleştiğim ceset gibi kokuyordu.

Doğrulduğumda karşımda bir halı gördüm. Apartmanın giriş dairesinin penceresinden kat kat yapılıp sarkıtılmıştı. Islaktı ve ucundan su damlıyordu. Burnumu ıslak halıya yaklaştırdığımda kokunun kaynağına ulaştığımı anladım.

Hemen amirime haber verdim.

Amirim, "Çık, bir bak istersen" dedi.

Apartmana girip kapıyı çaldım. Kimse açmadı.

Tekrar dışarı çıktım. Zaten pencere açıktı. Önce seslendim, cevap gelmedi. Sonra bir cesaret, pencereden içeri daldım.

Evde de aynı koku vardı. İçeride bir dağınıklık görmedim. Her şey normal gibiydi. Ancak banyoya girdiğimde gerçekler adeta gözümde parladı. Her tarafta kan lekeleri, ufak parçacıklar ve kıllar tüm açıklığıyla kendini ele veriyordu.

İndim aşağıya, amirime dedim ki: "Olay yeri burası!"

* * *

Sorduk, soruşturduk.

Aynı gün, bir üst katta oturan kadın, olayın olduğu eve girip çıkarken görülmüş ve garip davranışlarıyla dikkat çekmiş.

Hemen üst kata çıkıp kapıyı çaldım. Komşuların bahsettiği kadın açtı.

"Bizimle merkeze kadar gelmeniz gerek" dedim.

Panikledi.

"Ay yavrum, biraz sonra kocam gelecek, ocakta yemeğim var."

"Kocanız nerede?"

"Eminönü'nde. Dükkânı kapatmıştır şimdi. Yoldadır, geliyordur."

"Kocanız ne yapıyor Eminönü'nde?"

"Çorapçı, çorap satar benim kocam. Çorapçı yani."

"Seni bugün alt komşuna girip çıkarken görmüşler."

Sustu. Yüzü kıpkırmızı oldu.

"Sen asıl çorabın büyüğünü kendi başına örmüşsün hanım abla! Hadi, merkeze gidiyoruz" dedim.

El mahkûm, boynunu büktü. Beraber apartmandan çıkıp arabaya bindik.

Bir diğer ekip de kocasını almak için evde kaldı.

Kadın şubede bizi hiç zorlamadı.

"Tamam" dedi. "Ben öldürdüm."

Her şeyi bütün detaylarıyla anlattı:

Öldürdüğüm kadın benim alt komşum olur. Kocası pazarcı. Haftada en fazla iki gün eve uğrar, diğer beş gün başka şehirlerde tezgâh açar.

Dün sabah kendisini bakkala giderken gördüm. Halini hatırını sordum.

"Deterjan alacağım, evde çamaşırlar var, onları makineye atacağım" dedi.

"Bende de iki parça çamaşır var, onları da atar mısın?" dedim.

"Tamam, getir" dedi.

Öğleden sonra, kendi çamaşırımı yanıma alıp alt kata indim.

İşte ne olduysa orada oldu. Komşumun kolundaki bilezikleri fark ettim.

Kocamın işleri çok kötü komiserim. Dükkânın kirasını üç aydır ödeyemiyoruz. Borçla harçla ancak evi döndürebiliyoruz.

O an şeytan dürttü beni.

Kendi kendime dedim ki: "O bilezikleri alıp satarsam borç morç kalmaz, düzlüğe çıkarız."

Balkonda küçük bir kazma vardı. Komşum banyoda çamaşırları ayırırken çıkıp gizlice aldım kazmayı.

Başına, vücuduna vura vura öldürdüm komşumu. Ne olduğunu anlayamadı bile. Bilezikleri aldıktan sonra da çıktım evden.

Ama komiser bey, içim rahat etmedi. Kocası çıkıp gelse, cesedi orada görse, apartmanı birbirine katardı. Ertesi gün tekrar alt kata indim.

Komşumun cansız bedeni banyoda bıraktığım gibi duruyordu. Kafasını, kollarını, gövdesini oracıkta parçaladım.

Kestiğim parçaları iki büyük çöp poşetinin içine istifledim. Sonra poşetlerin ağzını bir güzel bağladım.

Hızlı hızlı banyoyu yıkamaya koyuldum. Ama gider tıkanmış. Taşan su banyonun önündeki halıyı ıslattı. Halıyı kaldırdım, suyu süzülsün diye pencerenin önüne koydum.

O sırada çöp kamyonunun sesi geldi. Öncesinde paketlediğim komşumu hızlı bir şekilde kapının önüne bıraktım.

Nereden bilirdim, çöpçülerin size haber vereceğini?

Cinayeti resmen burnunuzla çözmüşsünüz.

Bu iş insanın görme, işitme ve koku alma yeteneklerini inanılmaz geliştiriyor. Gözlerim çok iyi görür. Bir suratı beynime kazıdıysam, ne kadar kalabalık olursa olsun, o suratın sahibini bulup çıkarırım. Burnumla rahatlıkla iz sürebilirim, kulaklarım ise son derece keskindir.

Mesela bir ortamda çok uzağımdaki bir insanın ne söylediğini rahatlıkla duyar, ayırt eder ve anlarım. Bazen istemsiz olarak ve tamamen alışkanlıklarımdan ötürü, karşı masada konuşan birine kulak kesiliyorum. Biliyorum, çok ayıp, dinlememem gerekiyor; ama ne yapayım, elimde değil. Meslek alışkanlığı bu, başka bir şeye benzemiyor.

Ancak, bir cinayet sadece hassas burunla, şahin gözlerle ya da keskin kulaklarla çözülmez. Bizim asıl işimiz insanlarla. Karşınızdaki kişi samimiyetinizden emin olmalı. Yoksa size konuşmaz. O nedenle insanları tanımak ve kiminle nasıl iletişim kurulacağını bilmek lazım.

Cezaevine gönderdikten sonra ziyaretine gittiğim; hatta don, iç çamaşırı, sigara götürdüğüm suçlular bile olmuştur mesela.

Testere Kâmil bunlardan biri...

19

“Kestim cinsel organını ve dedim ki...”

Doksanlı yılların ortalarıydı. Olay önce Mustafa isimli bir şahsın kayıp haberi üzerine başladı.

Karısı, “Kocamı bulun” diye sürekli ağlayıp sızlıyordu. Araştırdık, ama bir şey bulamadık.

Üç ay sonra yine aynı mahalleden başka bir kayıp haberi daha geldi.

Bu kez kaybolan, bir kadındı. Adı Hayriye.

Bu gibi durumlarda araştırmamız gereken ilk konu, iki kayıp arasında bir bağlantının olup olmadığıdır.

Bağlantı bulduk. Hatta çok sağlam bir bağlantı bulduk. Kaybolan şahıslar teyze çocukları çıktı.

Mustafa'nın evli olduğunu biliyorduk. Bize kayıp başvurusunda bulunan kişi karısıydı. Hayriye'nin başvurusu ise halasından gelmişti. Önce gidip halayla konuştuk.

“Hayriye evli mi?”

“Evet, evli.”

“Hepiniz bu evde mi kalıyorsunuz?”

“Hayır, o kocasıyla birlikte yaşıyor. Evleri karşı sokakta.”

“Peki, kayıp başvurusunu neden babası ya da kocası değil de siz yaptınız?”

“Annesiyle babası vefat ettikten sonra biz sahiplendik Hayriye'yi. Şey... Biz aslında kocasından şüpheleniyoruz. Belki kocası da başvuruda bulunmuştur, bilmiyoruz.”

“Kocası kim?”

"Kâmil. Adam tam bir bela!"

"Hayriye'yi en son ne zaman gördünüz?"

"Kaybolmadan birkaç gün önce iki gözü iki çeşme ağlayarak bize geldi. Üstelik karnı burnunda, hamileydi. Kocası Kâmil ona eziyet ediyormuş, 'Öldürürüm seni' demiş."

"O zaman gidip şu Kâmil'in bir ifadesini alalım" dedim.

Tarif ettikleri eve gittik. Kapıyı çaldık, kimse açmadı. Biz de geri döndük. Soruşturmanın başında ortalığı ayağa kaldırıp adamı ürkütmek istemedim.

* * *

İkinci kayıp haberinden üç gün sonra, mahallenin karşısındaki tepede, bir su kuyusunda bir kadına ait ceset parçaları bulundu.

Çobanın biri hayvanlarını otlatırken su kuyusundan bir koku geldiğini fark etmiş. Bakmış ki, suyun üzerinde siyah poşetler yüzüyor. Şüphelenip jandarmaya haber vermiş. Adli Tıp gelip almış poşetleri. Biz de sonucu Adli Tıp'tan öğrendik.

Elimizde zaten biri erkek, diğeri kadın olmak üzere iki kayıp vardı. Üzerine bir de kadın cesedi çıkmıştı. Üstelik aynı mahallede...

Ceset acaba o kadına mı aitti? İçim içimi yemeye başladı.

O zamanlar DNA analizi nedir, bilen yoktu. Her şeyi kendimiz çözmek zorundaydık.

Görünen tek şüpheli ise Kâmil'di.

Mahalleliye, "Kim bu Kâmil?" diye sordum.

"Kâmil delidir, çok sinirlidir, mahallede herkes ondan korkar" dediler.

Bir vukuatı oldu mu?

"Adam namus müptelası. Önceki karısı için iki kişiyi öldürmüş."

"Tamam" dedim. "Demek ki bu adamda bir şeyler var."

Bir oto galerisinde bekçi olarak çalıştığını öğrendik. Gittik çalıştığı yere, Aldık Kâmil'i, şubeye doğru yola çıktık.

Yolda adama biraz gaz verdim.

Dedim ki: "Bak Kâmil, bana her şeyi anlattılar. Sen yirmi sene eski karın için içeride yatmışsın. Delikanlı, yiğit bir adama benziyorsun. Birazdan Cinayet Masası'na gireceğiz. Orada delikanlılar delikanlı gibi konuşur, yalan söylemez. Eğer sen hakikaten adamsan, delikanlıysan, doğruları söylersin."

Kâmil bu lafları duyunca kendine geldi. Zaten yürüyüşüyle, bakışlarıyla, konuşmasıyla, her haliyle, "Ben delikanlıyım (!)" mesajı veriyordu.

Biraz da korkuttum.

"Haa, yalan söylersen zaten her şey elimizde. Bir şekilde arkadaşlar seni konuşturmasını bilirler. Namus uğruna yaptığın bir iş için bize gururunu çiğnetme."

Yanlış anlaşılmasın, bir şey yapacak değildik. Amacım sadece adamın o anki duygu durumundan faydalanmaktı.

Eğer fail işlediği cinayetin motivasyonunu namus meselesi olarak görüyorsa, sürekli o kısma işlersin. Bir çay verip sigarasını da yaktığın zaman, senden iyisi olmaz. Adam o gazla ve hürmetle bülbül gibi konuşur.

Öyle de oldu. Kâmil bize soru bile sordurmadan her şeyi detayıyla anlattı:

Yirmi iki sene önce Kars'ta mutlu bir yuvam, güzel bir eşim vardı. Fakat kayınvalideyle bir türlü yıldızımız barışmadı. Sürekli bahane bulmalar, laf sokmalar, olmamış şeyleri oldu gibi göstermeler...

Serde delikanlılık var ya, lafların hiçbirinin altında kalmadım. Misliyle karşılığını verdim. Önceleri ortalığı yatıştırmaya çalışan kayınbabam da kayınvalidemle birlik olunca, hanımla aramız bozuldu.

Her evde kavga olur. Bizim raconda karıkoca arasına girilmez, kavgasına karışılmaz.

Bir sabah tartıştık hanımla. Bir tokat attım, hemen anasının evine gitti. Konuşmak istedim, konuşturmadılar. Görmek istedim, göstermediler.

Gel zaman git zaman, abileri bana kumpas kurdu. Kavgada yumruk sayılmaz derler, vurdum ikisini de. Yirmi sene içeride yattım.

Cezaevinden çıkınca dönemedim Kars'a. Elimden bir kaza daha çıkar diye korktum. Ben de ne yapayım; İstanbul'a, ablamın yanına gittim. Kendime yeni bir hayat kurmak, sıfırdan başlamak istedim.

Ablam sağ olsun, bana kalacak yer verdi, iş buldu. Sonra dedi ki: "Mahallede bir hanım kız var. Bulgaristan göçmeni. Ben gördüm, beğendim. Evlendirelim seni onunla..."

"Bilmem ki!" dedim. Ağzımız sütten yanmış sonuçta.

"Hayırlısıyla olur" dedi.

Oldu da... Bir hafta içinde nişanlandık.

Bizim hanımın İstanbul'da dericilik yapan Mustafa adında bir teyze oğlu varmış. Mal götürmek için Bulgaristan'a gidecekmiş.

"Müsaaden olursa ben de Mustafa'yla gideyim. Sofya'da babamdan kalan bir ev, içinde de bir sürü eşya var. Hepsini satayım, evlenirken para lazım olur" dedi.

Mustafa ismini duyunca pek gönlüm olmadı.

O an basiretim bağlandı demek ki... "Müsaade senin" demiş bulundum.

Hanım Bulgaristan'dan dönünce uzatmadan evlendik. Yaklaşık bir sene mutlu mesut yaşadık. Sonra hanım hamile kaldı. Bir evladım olacaktı ve doğumu iple çekiyordum.

Ama her şey bir günde tepetaklak oldu. Meğer Bulgaristan'da Mustafa bizim hanımı işlemiş. Ben bunu sonradan öğreniyorum tabii.

* * *

Bir akşamüstü evde istirahat ediyordum.

"Tak!" diye bir ses geldi.

Bir dakika geçmeden "tak", yine aynı ses.

Anladım ki, birisi cama taş atıyor.

Uyuz oldum, kıllandım resmen.

Kalktım baktım, kimse yok!

Aradan üç beş gün geçti. Yine bir "tak" sesi!..

Bu sefer iyice işkillendim. Ulan dedim, biri bizim karıya mesaj mı gönderiyor yoksa?

Zaten son günlerde ha bire telefonla konuşuyordu. "Kim o?" diye soruyordum, "Hatçe" diyordu.

Ulan Hatçe kim!

* * *

Bizim ev iki katlı. Telefon aşağı katta. Şimdi telefonu üst kata çıkarsam, durumdan kıl kaptığımı anlayacak haspa. Gizlice aynı hatta paralel, üst kata da telefon bağladım. Sonra başladım, dinlemeye...

Anladım ki, Hatçe'yle değil, Mustafa'yla konuşuyor orospu...

"Ah canım, sevgilim, aşkım" sözleri gırla gidiyor.

Ben bekçilik yaparım Halit Abi. Kimi zaman gündüz, kimi zaman da gece çalışırım.

Bir gün hanıma dedim ki: "Akşam bir iş için Bursa'ya gidiyorum, iki gün yokum."

"İyi, tamam" dedi.

Sonra ben yatak odasına hazırlanmaya geçerken, ne göreyim! Hanım fik fik fik telefona doğru koşuyor. Hemen paralele geçtim.

"Canıımm" dedi.

"Efendim aşkım" diye yanıt verdi karşıdaki ses.

Karşı taraftaki sesin kim olduğunu söylememe gerek yok herhalde. Mustafa pezevengi!

"Bizimki akşam Bursa'ya gidiyor, gel."

"Kaçta geleyim?"

"Kâmil çıkar birazdan, hava kararınca sekiz gibi gel sen."

"Tamam aşkım."

Gülüştüler, cilveleştiler, kapattılar telefonu.

Aşağı kata, hanımın yanına indim.

"Seni de öldüreceğim, onu da. Sesini çıkarma!" dedim.

Hanım tabii ne yapacağını şaşırdı.

"Otur şu köşeye" diye bağırdım. "Mustafa iti gelene kadar hiçbir yere kalkmayacaksın!"

* * *

Saat sekize kadar bekledik.

Tam sekizi beş geçe "tak tak tak", kapı çaldı. Baktım ki Mustafa gelmiş.

"Sen içeri al o iti, ben mutfaktayım" dedim hanıma.

Ne dediysem yaptı. Açtı kapıyı, Mustafa tabii sulu sulu canım cicim havalarında; hanımsa hiç renk vermiyor...

Mutfaktan çıktım.

"Hayırdır Mustafa" dedim, "bu saatte?"

Mustafa'nın rengi attı. O an resmen kilitlendi. Ne diyeceğini bilemedi.

"Kâmil Abi, ben... şey..."

Tuttum Mustafa'yı, elimdeki çakaralmazı başına dayadım. Önce yere yatırdım, sonra ayaklarını, kollarını bağlayıp ağzını bantladım. Hanım da yardım etti.

"A. s.kmeye geldin değil mi?" dedim.

Sonra pantolonunu indirdim. Cinsel organını çıkarıp bıçakla kökünden kestim.

Mustafa kıvranıyor ama ağzı kapalı olduğundan sesi sadece uğultu şeklinde çıkıyordu.

Elimdeki kesik organı hanıma uzattım.

"Al!" dedim. "Beni bunun için mi aldattın?"

"..."

"Ulan orospu! Konuşsana. Bunun için mi aldattın beni?"

"..."

"Al şu adamın çükünü!"

Almasıyla kenara koyması bir oldu.

Bu sefer tuttum burnunu kestim Mustafa'nın. Kanlar fışkırdı, sümükler aktı. O halini görünce tiksindim ve sonra döndürüp, kafasını kestim. Gövdesinden ayırana kadar hem de.

Hanım bir taraftan bana yardım ediyor, diğer taraftan hıçkıra hıçkıra ağlıyordu. O sırada birkaç şey söyledi ama anlayamadım.

"Ağla bakalım ağla... Beni boynuzlarken iyiydi ama..." dedim.

Birlikte Mustafa'nın etlerini kemiklerinden ayırdık. Etleri paketledik. Siyah poşetlere koyduk. Sonra poşetleri farklı farklı çöp tenekelerine paylaştırdık.

Evde askeriyenin büyük ve dayanıklı sobalarından vardı. Kemikleri o sobada kokkömürüyle yaktık. Tam yanmadı ama kemik olduğu da anlaşılmıyordu.

* * *

Sıra hanıma gelmişti. Ama ona kıyamadım. Hamileydi çünkü. Üç ay sonra doğuracaktı.

Dedim: "Sık dişini Kâmil, bir de bebeğin günahına girme."

Bir gün kahvedeydim.

"Senin hanım doğuruyor" dediler.

Fırlayıp koştum eve. Ben gidene kadar doğurmuş. Yanındaki ebeyi gönderdim.

"Bu çocuk benden mi?" diye sordum.

Ses vermedi.

"Söylesene kadın, kimin çocuğu bu?"

Boynunu büktü, "Mustafa'nın" dedi.

O an başımdan aşağı kaynar sular döküldü.

"Senin" dese, belki inanacağım. En azından inanmaya çalışacağım.

"Kalk!" dedim. "Bebeği de al yanına, gidiyoruz."

Evin arkasındaki tepede mezarlık vardı. Oraya kadar yürüdük. Etrafta kimsecikler yoktu.

"Boğ şu piçi!" diye bağırdım.

"Olmaz" dedi.

"Boğ" dedim. "Yoksa öldürürüm seni!"

"Öldür" dedi.

İki tokat attım, dengesi bozuldu. Çocuğu düşürmemek için daha sıkı tutmaya başladı.

Boğazını sıktım, "Boğ" dedim. Çocuğu bırakmamaya çalışırken ister istemez boğdu.

Bebeği oraya gömdük.

Sonra eve geri döndük. Bu sefer hanımı kestim. Aynı Mustafa'ya yaptığım gibi parça parça ettim. Kemikleri yine sobada yaktım. Etleri karşı tepedeki kuyuya attım.

* * *

Kâmil kimseyi uğraştırmadı. Ne eksik, ne fazla; her şeyi hem bize hem savcılığa hem de mahkemeye anlattı. Asla yalana başvurmadı. Katil falandı ama harbi "delikanlı" adamdı.

Sonuçta ağırlaştırılmış ömür boyu hapse mahkûm oldu. Cezaevine girdiğinde kırk beş yaşındaydı. Ablası dışında kimsesi yoktu. Bütün parasını avukata vermişti.

Birkaç kere cezaevinde ziyaretine gittim. Don, iç çamaşırı, sigara götürdüm. Sonra da bağlantımı kopardım.

Şimdi ne yapar, ne haldedir; bilmiyorum.

20

Katillerin peşinde geçen hayatlar

Halit Doğan'dan nefes kesici üç anı dinledikten sonra, aramıza dört eski Cinayet Masası dedektifi daha katıldı. Mesut Demirbilek birlikte çalıştığı eski ekip arkadaşlarını tanıttıktan sonra kendimizi koyu bir sohbetin içinde bulduk.

İrfan Ateş, namı diğer "Akrep İrfan": Yıllarca Ankara ve İstanbul Cinayet Bürolarında çalıştı. Sert görünüşünden dolayı herkes ona "Akrep" diyor, ancak Emniyet Teşkilatı'nın gördüğü en babacan dedektiflerden biri. "İyi polis-kötü polis" oyununda "iyi polis" rolünün vazgeçilmez aktörü... Bitmek tükenmek bilmeyen bir enerjisi var. Yirmi yıl boyunca gece gündüz demeden suçlu peşinde koştuktan sonra emekli oldu. Ancak emekliliğin kendisine göre olmadığını anlamış olmalı ki, yaşam koşusuna özel sektörde aynı hızla devam ediyor.

İrfan İrven: İstanbul Cinayet Masası'nda en uzun süre görev yapan ekip amirlerinden. Doğma büyüme Çengelköylü. Giyimi ve konuşmasıyla tam bir İstanbul beyefendisi. Çengelköy'de sakin ve mütevazı bir hayat yaşıyor, emekliliğinin tadını çıkarıyor.

Sabri Kaymak: İstanbul'un gördüğü en renkli ve en hızlı ekip amirlerinden. Peşine düştüğü katile nefes aldırmaz, her neredeyse en kısa sürede onu bulur, yakalar ve içeri atar. Yıllarca İrfan İrven'le aynı bölgede çalıştı. "Muhteşem ikili", suçluların korkulu rüyasıydı. Emekli olduktan sonra kendini memleketindeki fındık bahçelerine adadı.

Ömer Lütfü Taşçıoğlu: İstanbul Cinayet Masası'nın ağırbaşlı abisi. Her zaman jilet gibi takım elbisesini giyer, hem katilin hem de kurban yakınlarının güvenini kazanmakta ustadır. Ona da emeklilik yaramadı. Özel sektörde aynı ağırbaşlı tavrı ve disipliniyle çalışmaya devam ediyor.

Eski dedektifler bir araya gelince yapılacak tek şey vardır, kenara çekilip onların sohbetini dinlemek... Aşağıdakiler o sohbetten sadece birkaç alıntı.

Akrep İrfan: "Cesedin yüzü yoktu."

Doksanlı yılların sonlarıydı. Bir sabah Maltepe'de seksen dört yaşındaki bir adamın, evinde ölü bulunduğu bilgisi geldi. Cinayet Masası nöbetçi ekibi olarak olay yerine biz gittik.

Olayın gerçekleştiği apartmanın önü meraklı komşular tarafından sarılmıştı. Kalabalığın arasından sıyrılıp yukarı çıktık.

Dördüncü katta bizi karakol ekibi karşıladı.

"Ceset sağ tarafta, yatak odasında ama manzara çok kötü" dediler.

"Alışkınız biz" deyip içeri girdik.

Karakol ekibi haklıydı. Cinayet mahalli adeta bir korku filmi sahnesini andırıyordu.

Kan havuzuna dönüşmüş bir yatak...

Yatağın ortasında çaprazlama yatan yaşlı bir erkek cesedi...

Kıpkırmızı bir kafa...

Duvarda yoğun kan lekeleri...

Yerde ise paslı bir keser...

Dünyanın en iyi korku filmi yönetmenini bile kıskandıracak bir manzarayla karşı karşıyaydık.

Eldivenlerimi giyip cesedi incelemeye başladım. O tarafa çevirdim, bu tarafa çevirdim; adamın yüzünü bulamadım.

Yatış biçimine baktım. Yüzünün bana doğru olması lazımdı. Kafasını çevirdim, arkasında da yüz yoktu. Burun, ağız, göz; hiçbir şey yoktu.

Bugüne kadar yüzlerce ceset gördüm, ama yüzü olmayan bir cesede ilk defa o olayda rastlamıştım.

Soruşturmanın sonunda fail, adamın karısı çıktı. Kadın sürekli ağlıyor, kocasını ne kadar çok sevdiğini anlatıyordu.

Gerçek sonradan ortaya çıktı.

Meğerse kadın Alzheimer hastasıymış. Gece yarısı uyandığında yanında yatan kocasını tanıyamamış. Sonra, nereden bulduysa eline bir keser geçirip kocasının kafasını, yüzünü dümdüz etmiş. Hani keserle keresteyi yontarlar ya, o şekilde adamcağızın suratını yontmuş.

Sabah olunca kadının aklı başına gelmiş. Olayın şokuyla sahile inip herkesin gözü önünde kendini denize atmış. Çevredeki vatandaşlar zor yetişmişler.

Halit Doğan: "Cesedin ağzından fare fırladı."

Bakırköy'de beş katlı bir apartmanın bodrum katında bir ceset bulunmuş. Olay yerine en yakın ekip bizdik. Bulduk apartmanı, indik bodrum katına.

Çürümeye yüz tutmuş, üç dört günlük bir erkek cesedi karşımıza çıktı. Betonun üzerinde yüzüstü yatıyordu.

Ekipte Selahattin isminde bir memur arkadaş vardı. Onunla birlikte cesedin ilk incelemesini yaptık.

Kıyafetlerini sıyırdığımızda çok sayıda yara iziyle karşılaştık. Etrafta odun parçaları duruyordu. O odunlarla vurularak öldürüldüğü belliydi.

Arkadaş cesedin baş kısmında, ben de gövdesinin hizasındaydım.

"Selahattin, cesedi çevirelim de yüzüne bakalım" dedim.

"Tamam abi" dedi.

Cesedi doğrultur doğrultmaz, adamın ağzından bir fare fırladı.

İkimiz de şok olduk. Beklemiyorduk çünkü.

Selahattin, büyük bir hışımla kalkarak, "Abi, bakmıyorum ben bu cesede! Gelsin, kim bakıyorsa baksın" dedi ve olay yerinden hızla uzaklaştı.

İrfan İrven: "Bütün pis işleri bize bırakırlar."

Kadıköy'de, postanenin arkasındaki terk edilmiş bir binada eski bir ceset bulunmuş. O zamanlar olay yeri inceleme birimi daha kurulmamıştı. Haber verdiler, gittik.

Savcı ile doktor binanın önünde bekliyordu. Kokudan cesede yaklaşamamışlar.

Mecbur girdik içeriye. Bütün pis işleri bize bırakırlar zaten.

Ceset simsiyahtı. Davul gibi şişmişti. İnsanın burnunun direğini kıracak kadar sert bir kokusu vardı. Göz çukurlarında kurtlar oynaşıyordu.

O sırada cesedin sağ yanağı dikkatimi çekti. Sanki ağzında bir lokma var da, yutamamış gibiydi. Eğilip ağzını açtım. Dili şişmiş ve sağ tarafa yatmıştı. Dilin ortasında bir yarık gördüm. Muhtemelen ölüm esnasında dilini ısırmıştı.

Cesedi sağa çevirdim, kolu koptu; sola çevirdim, omzu elimde kaldı. Her yerden kurtçuklar fışkırıyordu.

En son kafa kısmında bir delik tespit ettim. Ancak, o deliği bulana kadar cesedin her tarafına dokunmak zorunda kalmıştım. Ellerim vıcık vıcık olmuştu.

Biz neredeyse yüzeysel otopsi yapıyorduk. Çünkü o ceset Adli Tıp'a gidecek, sonuçlar çıkacak, gidip o sonuçları alacağız vs... O günlerin Türkiye'sinde bu işlem günlerce sürerdi. O sürede zaten fail çoktan kaçmış olurdu.

Yap diyorlardı, yapıyorduk.
İşimiz buydu...

Ömer Lütfü Taşçıoğlu: "Cesedin bacağını tuttuğunda..."

Cesetler, ölüm, kan, gözyaşı ister istemez hayatımızın sıradan parçaları haline geliyor.

Eğitim fakültesi mezunu bir arkadaş gelmişti. Kadro bulamamış, o da polis olmuş.

Bir gün, "Abi, biz bu işe nasıl alışacağız?" diye sordu.

"Bak koçum, cesedin bacağını tuttuğunda, kendi bacağından ayırt edemediğin zaman alışırsın" dedim.

Çocuk birden irkildi.

"Nasıl yani?"

"O derece soğukkanlılığa ulaştığın zaman Cinayet Masası'nda uzun yıllar çalışırsın. Alışmak zorundasın. Alışamazsan çalışamazsın."

Sonunda alışamadı ve gitti.

Halit Doğan: "Cesedin başında iki küçük çocuk..."

Aradan yıllar geçse de, gözümün önünden hiç gitmeyen bir olay yeri var. Bugün bile bazen rüyalarıma girer.

Bir ev düşünün. Salonun ortası kan gölüne dönmüş. O gölün tam merkezinde bir kadın cesedi yatıyor. Dokuz yerinden vahşice bıçaklanmış.

Cesedin sağında ve solunda iki küçük çocuk var. Baştan aşağı annelerinin kanına bulanmışlar.

Biz olay yerine ulaştığımızda çocuklar, "Anne, anne" diyerek ağlaşıyor ve kendilerince annelerini uyandırmaya çalışıyorlardı.

Unutulmayacak bir manzaraydı.

Biz ki, her gün çeşit çeşit ceset gören dedektifler, yıllarca o olayın etkisinden kurtulamadık.

Araştırdık, soruşturduk, onlarca kişiyi sorguladık, ama maalesef faile ulaşamadık.

Annelerinin kanına bulanan o masum çocukların, hepimizin üzerinde hakkı olduğuna inanıyorum.

Mesut Demirbilek: "Cesedin kolu elimde kaldı."

Cinayet Masası'nda göreve yeni başladığım dönemlerdi.

"Sarayburnu'ndaki kayalıklara bir ceset vurmuş" dediler.

Eskiden şimdiki gibi her an için hazır, özel deniz ekipleri yoktu. Ceset tamamen su altında değilse, zaten biz suya girip cansız bedeni bulunduğu yerden çıkarıyorduk.

Gittik Sarayburnu'na. Kayalıklarda duran cesede baktık.

Ceset tanınmayacak haldeydi. Şişmiş, sabun olmuştu. En az on gün boyunca suda kaldığı belliydi. Üzerindeki kıyafetler cesedin bir erkeğe ait olabileceğini gösteriyordu.

Ekipteki memur arkadaşa, "Sen aşağıdan destek ver, ben de kolundan çekeyim. Sonra üzerinde kimlik falan var mı diye bakarız" dedim.

O indi kayalıkların altına, ben üst tarafta cesedin kollarından çekiştirmeye başladım.

O itti, ben çektim; o destekledi, ben daha fazla asıldım. Tam cesedi hareket ettirip düzlüğe çıkartacaktık ki, adamın sağ kolu elimde kaldı.

Ama öyle bir şey ki, o kol çıtır çıtır sesler çıkararak yerinden çıkmış ve komple gövdeden kopmuştu. Dengemi kaybedip arkaya doğru sendeledim. Elimde çürümüş, kokuşmuş bir kolla kalakaldım.

Ekiple birlikte gülsek mi, ağlasak mı bilemedik. Çünkü birazdan savcı gelecek, adli tabip gelecek; soracaklar: "Bu kolu kim çıkardı?"

O anı meslek hayatım boyunca hiç unutamam.

Şu yaşıma kadar bir sürü cesedi kollarından çektim, en kötüsü buydu.

Yapılan soruşturmanın sonunda olayın cinayet değil, intihar olduğu ortaya çıktı. Anadolu Kavağı tarafından atlamış, akıntı cesedi Sarayburnu'na kadar sürüklemiş.

Halit Doğan: "Ölü mü, diri mi?"

Bütün cesetler Sarayburnu'na sürüklenir. Nasıl bir yerse artık?

Adam köprüden atlar, Sarayburnu'ndan çıkar. Birisi Boğaz'a ceset atar, o da Sarayburnu'ndan çıkar.

Yine, "Sarayburnu sahiline bir ceset vurmuş" dediler.

Nöbetçi ekip olarak biz gittik.

Cesedin kolu ve kafası taşlıkların üzerine çıkmış, gövdesi hâlâ suyun içindeydi. Taze bir görüntüsü vardı. Ben fotoğraf çekmeye başladım.

Ekipte Mehmet isminde yeni bir arkadaş vardı. Kayalıklardan eğilip cesedi düzlüğe çıkartmasını istedim.

"Tamam abi" dedi.

Eğildi, cesedi kolundan tuttu. Sonra çığlık atarak geri çekildi.

"Ooov Halit Abi, bu yaşıyor!" diye bağırdı.

Bu kez ben indim taşlık kısma. Baktım ki, ölü.

Büyük ihtimalle dalgalar vücudu hareket ettirdiği için, taze cesedi yaşıyor zannetmişti.

Mehmet'e çıkıştım.

"Ölü bu oğlum! Hem yaşıyorsa bile, kurtarsana o zaman! Neden kaçıyorsun?"

"Haklısın abi" dedi.

Korkulu gözlerle cesedin başına geri döndü.

Ömer Lütfü Taşçıoğlu: "Çocuk gösterdi, biz kazdırdık."

Edirne'de on sekiz yaşında genç bir çocuk polise gidip, "Ben cinayet işledim" demiş.

"Nerede işledin?" diye sormuşlar.

"İstanbul'da" yanıtını vermiş

"İstanbul'un neresinde?"

"Zeytinburnu sahilinde."

"Kimi öldürdün?"

"Sokaktan geçen bir adamı."

Olayın İstanbul'da gerçekleştiği iddia edildiği için, Edirne'deki ekipler çocuğu bize teslim etti.

Bir yetmiş boylarında, kumral, temiz yüzlü bir delikanlıydı. İlk iletişimi ben kurdum. Sonra da zaten üzerime kaldı.

"Adın ne?"

"Ömer."

"Benim adım da Ömer. Adaşız yani. Ne iş yaparsın Ömer?"

"Ne iş olursa yaparım abi."

"Evin nerede?"

"Abi, evim yok benim. Nerede akşam, orada sabah."

"Nerede yatıyorsun peki?"

"Genelde surların orada takılıyorum."

"Zeytinburnu sahilinde cinayet işlediğini söylemişsin."

"İşledim abi."

"Nasıl oldu?"

"Bir gün sahilde oturuyordum. Adamın biri elinde sigarayla önümden geçti. Çok canım çekti. Bir dal istedim. 'S.ktir lan, sana ne sigara vereceğim!' diye bağırdı. Ben de çok kızdım. Yandan bir bıçak soktum; sonra ittim denize."

"Hadi gidelim. Göster bakalım, nerede oldu bu olay?"

Çocukla beraber Zeytinburnu sahiline gittik. Orada ölüm virajı denilen bir yer var. Tam o bölgede bir noktayı gösterdi.

Gerekli birimlere haber verdik. Bir iki saat içinde balıkadamlar olay yerine ulaştı.

Daldılar çıktılar, daldılar çıktılar; çocuğun gösterdiği yerin altını üstüne getirdiler. Ancak hiçbir şey bulamadılar.

Bunun üzerine çocuğu biraz sıkıştırdım.

"Abi, özür dilerim, ben aslında denize itmedim adamı" dedi.

"Ne yaptın?"

"Gömdüm."

"Nereye gömdün?"

"İleride Et-Balık Kurumu var. Onun bahçesine gömdüm."

"Oğlum, bak, yalan söyleme! Orada da bulamazsak kötü olur!"

"Abi, vallahi oraya gömdüm."

"İyi bakalım."

O çocuğun Et-Balık Kurumu'nun bahçesine bir cesedi gömemeyeceğinden adım gibi emindim. Ama ne yapalım, bakmaya mecbur kaldık.

Dozer getirttik. Çocuk gösterdi, biz kazdırdık; çocuk yine gösterdi, biz yine kazdırdık. Böylece yedi sekiz yer açıldı, ama yine ceset çıkmadı.

Ömer'i köşeye çektim. Biraz da korkuttum.

En sonunda, "Abi, ben adam öldürmedim. Aç kaldığım için cezaevine girmek istedim" dedi.

O kadar uğraştığımızla ve yorulduğumuzla kaldık.

Sonra birlikte Zeytinburnu Savcılığı'na gittik. Ömer, savcıya verdiği ifadenin ardından serbest kaldı. Adliye kapısının önünde mahcup bir şekilde yanıma geldi.

"Abi, kaç gündür seninle beraber geziyoruz. Karnımı hep sen doyurdun. Sağ ol, Allah razı olsun" dedi.

"Önemli değil evlat, hadi, kal sağlıcakla."

"Abi, bir şey daha var."

"Yine ne var oğlum?"

Boynunu büktü, önüne bakarak cevap verdi:

"Benim yine karnım acıktı ve param yok."

Çocuğa bir de yemek parası verdim.

Ayrıldık.

Aradan iki ay geçti. Bir baktım, bizim arkadaşlar Ömer'i yakalamışlar.

Şaşırdım tabii. "Ne oldu, ne yapmış?" diye sordum.

"Cinayet" dediler.

Ömer bir boyacının yanında çıraklık yapmaya başlamış. Ustasıyla birlikte Bakırköy'de bir evi boyarlarken, ev sahibi kadının kolundaki bileziklere göz dikmiş. Evde işlerini bitirdikten birkaç gün sonra bizim çocuk boyadıkları eve geri dönmüş.

Kapıyı çalmış. Kadın bakmış delikten, herhalde boyacı bir şey unuttu diye düşünmüş olsa gerek, açmış kapıyı. Kadını oracıkta bıçaklayıp kolundaki bilezikleri almış. Çok geçmeden de bizim ekiplere yakalanmış.

Sabri Kaymak: "Morg görevlisi bile kaçtı."

Gecenin üçünde, Maltepe sahilinde on üç-on dört yaşlarında bir kız çocuğuna ait ceset bulunduğu haberi gelmişti. Biz olay yerine gitmeden cesedi Kartal Devlet Hastanesi morguna kaldırmışlar. Normalde götürmemeleri gerekir, ama götürmüşler.

Hastaneye gittik. Morg görevlisi yerinde değildi. Sonra baktık ki, köşeye kıvrılmış uyuyor.

Hem ders vermek hem de biraz eğlenmek için, "Cinayet Masası, kalk!" diye bağırdım.

Adam neye uğradığını şaşırdı.

"Ne yapıyorsun sen burada?"

"Uyuyorum abi!"

"Sen mesaide değil misin?"

"Evet abi, ne olur kusuruma bakma!"

"Aç şu morgu!"

"Tamam abi."

Uyku sersemliğiyle, "Neye bakacaktınız, kimi arıyorsunuz?" diye sormadı bile.

Açtı morgu, girdik içeri. Floresan lambalar tık tık sesler çıkararak yanmaya başladı. Ama tam anlamıyla yanamadı. Pır pır, bir yanıp bir sönüyordu.

Hepimizin gözleri bir garip oldu. Morgdayız bir de... İster istemez insanın içi ürperiyor.

"Abi, söyledik, yeni lamba takacaklar" dedi görevli.

"Maltepe sahilinden bir kız cesedi çıkarmışlar. Cenazenin buraya getirildiğini öğrendik. Onu göreceğiz."

"Tamam abi."

Birini çekti, sakallı; diğerini çekti, ameliyatlı; öbürünü çekti, o da değil.

Biz neredeyse içerideki bütün cenazeleri o pır pır yanan floresan ışığı altında görmüş olduk.

Morg dökülüyordu. Çekmeceleri her çekişte gacır gucur sesler çıkıyor, o ses hastanenin koridorlarında yankılanıp geri dönüyordu. Morgun eski tip yaylı kapakları vardı. Herhalde birinin yayı o sırada koptu ki, içinden çat diye bir ses geldi.

Korktuk. Herkes bir an irkilip iki üç adım geriye çekildi.

Sonra gözlerimiz morg görevlisini aradı. Baktık ki, koridorun sonuna doğru kaçarak uzaklaşıyor.

Akrep İrfan: "Cesede sordun mu?"

Beylerbeyi sahilinden bir ceset çıkarıldığı bilgisi gelmişti. Gittim baktım ki, cesedi yürüyüş yoluna kadar çekmişler. Başına da genç bir polis memuru dikmişler. Sivil olduğum için beni bir süre fark etmedi.

Arada bir göz ucuyla arkasındaki cesede bakıyor, sonra hemen kafasını çeviriyordu. Korktuğu her halinden anlaşılıyordu.

Ses tonuma gizemli bir hava katıp memur çocukla konuşmaya başladım:

"Selamünaleyküm aslanım."

"Aleykümselam."

"Ben Cinayet Masası'ndan geliyorum."

"Hoş geldin abi."

Yaklaşıp kulağına fısıldadım:

"Cesede sordun mu?"

Ne demek istiyor diye önce bir irkildi.

Yine sordum:

"Konuşmadı mı seninle?"

Çocuğun rengi attı.

Bu sefer yüksek sesle çıkıştım:

"Aslanım, birisi mi onu denize atmış, yoksa kendisi mi atlamış?"

Titrek bir ses tonuyla cevap verdi:

"Vallahi bilmiyorum abi!"

"Çekil sen kenara, ben sorarım" dedim.

Genç memur, ekip arabasına doğru iki adım geri çekildi. Benim de orada olmamdan cesaret alarak yan gözle yaptıklarımı izlemeye başladı.

Eldivenlerimi taktım, cesedi soydum, belirgin bir yara izine rastlayamadım. Sonra cesedin kulağına eğilip, "Ne oldu, kendin mi düştün?" diye sordum.

Çocuk orada koptu zaten. Gitti, ekip arabasına oturdu.

21

Fotin Dayı

Halit Doğan'ın kahvehanesinden ayrılırken, Akrep İrfan, "Sizi tanıştırmak istediğim biri var" dedi.

"Kim?" diye sorduk.

"Sürekli bizim mahallenin kahvehanesinde takılan bir ihtiyar var. Gerçek adını bilmiyorum ama herkes ona "Fotin Dayı" diyor. Zamanında üç kişiyi öldürmüş. Üstelik en ince ayrıntısına kadar planlayarak işlemiş cinayetleri. Yıllarca cezaevinde yatmış. Hem kendi hayatını mahvetmiş hem de bütün ailesi dağılmış. Başına öyle işler gelmiş ki, dinleseniz hayretler içinde kalırsınız."

"Tamam" dedik. "Tanışalım."

Telefonlar edildi ve Kadıköy sahilinde bir çay bahçesinde buluştuk.

Fotin Dayı, bir altmış boylarında, hafif kambur, ufak tefek, kendi halinde bir adam görüntüsündeydi. Elinden ve dudaklarından hiç eksik etmediği sigaradan olsa gerek, buğulu ama gizemli bir ses tonuna sahipti. Ellerinde yer yer çatlaklar, yüzünde derin çizgiler ve gözlerinde her daim düşünceli bir ifade vardı. Yaşadıkları sanki yüzündeki çizgilere ve bakışlarındaki ifadeye kazınmıştı.

Kısa bir tanışma faslının ardından o anlattı, biz dinledik...

* * *

Giresun'dan İstanbul'a

Bana Fotin derler. Kendimi bildim bileli kundura işiyle uğraşırım. İşimiz ayakkabı olunca, daha çocukluk yıllarında adımız "Fotin"e çıktı. Bir sürü kişi gerçek ismimi bilmez.

O kadar çok şey yaşadım ki, gerçek adımı hatırlamak bile istemiyorum. Soranlara, "Fotin" deyip geçiyorum.

1945 yılında Giresun'da doğdum. Annem anlatır, daha yürümeyi öğrenmeden evdeki pabuçlarla oynamaya başlamışım. Akrabalar, "Belli, bu çocuk kunduracı olacak" dermiş. Çocukluk yıllarımda bütün ailenin, hatta eve gelen misafirlerin bile ayakkabılarını ben boyardım.

On yaşımdayken babam beni Sürmeneli bir kunduracının yanına verdi. Çıraklık, kalfalık derken usta olup çıktım.

Haftalığımı alır almaz babama verirdim. Hiç kendime ayırmazdım. İhtiyacım olduğunda yine babamdan isterdim. Çünkü aile ancak böyle geçinebiliyordu. Fakat ne aç kaldık ne de kimseye muhtaç duruma düştük. Kendi yağımızla kavrulmayı başardık.

Yıllar yılları kovaladı, askerlik zamanı geldi çattı. Acemilik dönemimi Balıkesir'de geçirdim. Usta birliği kuram İstanbul'a çıktı, Küçükyalı'ya...

"Mesleğin ne?" diye sordular.

"Kunduracıyım" dedim.

Önceleri işimi kimse dikkate almadı. Doğrudan mühimmat birliğine yazdılar. Arada sırada arkadaşların botlarını tamir ederken bölük komutanı beni fark etti. Onun sayesinde orduevinin kunduracısı oldum.

Yetenekliydim, sıfırdan istediğim ayakkabıyı imal edebilecek bilgim ve tecrübem vardı. Baktılar ki garibanım, param pulum da yok; subay gazinosunda benim için bir dükkân açtılar. Komutanların verdiği üç beş lira bahşişle, para biriktirmeye başladım.

Sipariş üzerine kösele, keten ayakkabı bile imal ettiğim oldu. Yirmi liraya mal ettiğim ayakkabıyı, elli liraya satıyordum. Malzeme alma bahanesiyle istediğim zaman çarşıya çıkabiliyordum. Kimse bana karışmıyordu. Param da vardı. Rahatlığıma diyecek yoktu yani.

Kısmet, askerde bile olsan, gelir seni bulur

Bir gün yine malzeme almak için çarşıya çıkmıştım. İşlerimi bitirdikten sonra taburun karşısındaki esnaf lokantasında güzel bir yemek yedim. Tam birliğe teslim olacaktım ki, canım sütlaç çekti. Köşede küçük bir pastane vardı. Petek Pastanesi... İşte orada yediğim sütlaç, hayatımı değiştirdi. İleride eşim olacak kadınla o pastanede tanıştım.

Daha on yedi yaşındaydı. İsmini bile onu gördükten çok sonra sorabilmiştim. Soramıyorsun çünkü, utanıyorsun...

"Asiye" demişti.

Başım önümde, "Asiye... Ne güzel isim" diye karşılık vermiştim.

Orada yediğim tatlının, kuru pastanın haddi hesabı yoktu. Bir süre sonra sırf onu görmek için çarşıya çıkar olmuştum. Aşk bacayı sarmıştı. Pastaneye her gittiğimde aldığım tatlılarla, kuru pastalarla bölükteki arkadaşların midesi bayram ediyordu.

Gel zaman git zaman; onun da bende gönlü olduğunu anladım. Ciddi ciddi konuşmaya başladık.

Durumu birlikten bir arkadaşa anlattım. Kendisi Ispartalıydı. Biraz şımarıktı ama eğlenceli bir adamdı.

"Ya oğlum, geç dalganı, sonra çek git" dedi.

Sinirlendim.

"Yakışır mı bize! Delikanlılığa sığar mı!" diye çıkıştım.

"Ama kardeş..."

Sözünü kestim:

"Yarın demezler mi, bu kız bir askerle konuştu, sonra asker onu bırakıp gitti diye! Elin namusuyla neden oynayayım!"

Anneme babama mektup yazdım. Her şeyi anlattım.

"Bu kızı bana isteyin" dedim.

Olurdu, olmazdı; sonunda ikna oldular ve İstanbul'a geldiler.

"Ulan askere kız mı verilir?" diye kızdı babam.

Haklıydı. Kızın babasının yerinde olsam, ben de vermezdim.

Ama verdiler. Alın yazımız öyle yazılmış demek ki.

Askerliğin bitimine iki ay kala nişan yaptık. Bölükten arkadaşlar bile çarşı iznine çıkıp, nişana geldi.

"Sayılı gün çabuk geçer" diyen kimse, halt etmiş. Asıl günler sayılı olunca geçmiyor. Hayatımın en uzun iki ayını yaşadım. Her gün, her dakika, terhis olacağım günün hayalini kurdum.

Zor da olsa, nihayet o gün geldi. Çok uzatmadan evlilik hazırlıklarına başladık. Küçükyalı'da kaldık yine, uzağa gitmedik. Ana caddede küçük bir apartman dairesi kiraladık.

8 Nisan 1968'de imzaları atıp, hayatlarımızı birleştirdik.

Allah, "Yürü ya kulum" dedi, yürüdüm...

Ben yine en iyi bildiğim işe, yani kunduracılığa devam ettim. Önce küçük bir dükkân, sonra biraz büyüğü, daha büyüğü derken, çok güzel paralar kazanmaya başladım. Hem tamir, hem boya, hem de kendi üretimim olan kösele ayakkabılar, kışlık botlar yaptım. Avrupa yakasından bile özel ayakkabı siparişi vermek için gelirlerdi.

Piyasada "Fotin Dayı" ismiyle şanım yürüdü. Müşteri üzerine müşteri geliyordu. İşlere yetişemiyordum.

O kadar iyi kazanıyordum ki; akşam eve giderken, çalmasınlar diye günün hâsılatını çorabımın içine sıkıştırıyordum. Sırf bu gibi durumlar için, Asiye donumun içine gizli bir cep dikmişti. Çoraba sığdıramadığım zaman, kalan parayı oraya zulalıyordum.

Yine yoğun bir günün akşamı, yorgun argın eve dönmüştüm. İçeriden ağlama sesleri geliyordu.

Kapı eşiğinde, "Ne oldu?" dedim hanıma.

"Sorma" dedi. "Bizim üst komşu, Perihan Abla..."

"Ne olmuş Perihan Abla'ya?"

"Tefeciden borç almış. İlk taksiti ödeyemeyince kapıya dayanıp kadını tehdit etmişler."

"Perihan Abla'nın tefeciyle ne işi olur ki? Emekli öğretmen değil miydi o?"

"Çocukları zorlamış. Babaları geçen sene öldü, biliyorsun. Evde sözü geçen bir büyük de olmayınca, sıkıştırmışlar zavallıyı; tefeciye gitmeye mecbur bırakmışlar."

İçeri girdim. Kadın perişan bir haldeydi.

"Geçmiş olsun hocam, dışarıda sesleri duyunca sordum, hanım anlattı durumu."

"Teşekkürler evladım."

"Ne yapabiliriz senin için?"

"Sorman yeter, sonunda bu hayırsız evlatlar yüzünden canıma kıyacağım, o olacak!"

"Ağzından yel alsın hocam, bizler ne güne duruyoruz? Sen söyle, kaç para bu ilk taksit dediğin?"

"..."

"Hocam, biz komşuyuz; bugün sana, yarın bize..."

"Üç yüz lira. Ama ay başında geri veririm oğlum."

"Ne vermesi hocam! Hiç verme, helal olsun."

Perihan Abla'ya dört yüz lira para verdim. Eminim, ay başına kadar harcayacak parası bile yoktu.

Har vurup harman savurmazdım, ama üçe beşe hiç bakmazdım. İhtiyacı olana borç verir, ödeyemeyecek olandan verdiğimi geri almazdım. Allah da bu bonkörlüğümü gördü; bana, "Yürü ya kulum" dedi.

Önce Bağdat Caddesi'nde çalıştırdığım dükkânın yerini satın aldım. Sonra Bostancı'dan geniş bir ev, ardından gıcır gıcır bir Murat 124...

1970'te ilk çocuğum oldu. Adını Aylin koyduk.

1974'te ikinci kızım dünyaya geldi. Ayşegül.

1978'de ise nihayet oğlan babası oldum. Erdem.

Allah önce sağlık versin, fakat oğlanın tadı bir başka oluyor. En azından o zamanlar ben öyle düşünüyordum. Sonrasında başıma geleceklerden habersizdim çünkü.

Kara gün

Düzenimi kurmuştum. Evim vardı, arabam vardı, dükkânda işler iyi gidiyordu, hanımla ve çocuklarımla birlikte mutlu bir yuvaya sahiptim. Ta ki o güne kadar...

1984'ün Şubat ayıydı.

Bir akşam, evde hep beraber televizyon seyrediyorduk. Telefon çaldı. O sırada Asiye ayaktaydı. "Ben bakıyorum" dedi ve ahizeyi kaldırdı. Televizyonun sesini kısıp kulak kesildik.

Bizim zamanımızda evde biri telefonla konuşurken herkes susar, radyo ya da televizyon açıksa kapatılırdı. Böylelikle hem konuşan kişinin karşı taraftaki sesi iyi duyması sağlanır; hem de ev ahalisi, arayanın kim olduğunu tahmin etmeye çalışırdı.

Hanım telefonu kapatır kapatmaz çocuklar, "Anne, kimmiş, ne diyor?" diye atıldı.

"Teyzeniz erken doğum yapmış çocuklar" dedi Asiye.

"Bacanak Erzurum'da değil miydi?" diye sordum.

"Evet, kocası görevde. Bir hafta sonra gelebiliyormuş. O yüzden beni İzmit'e çağırıyor."

"Git tabii" dedim. "Kardeşin sonuçta."

Sömestr tatili olduğu için küçük kızım Ayşegül, annesinden ayrılmak istemedi.

"Anne, ben de seninle gelebilir miyim?" diye hoplayıp zıplamaya başladı.

İzin ister gibi yüzüme baktı Asiye.

"Tamam, sen de git kızım" dedim.

Ayşegül, kucağıma atlayıp yanağıma kocaman bir öpücük kondurdu.

"Teşekkürler babacığım" dedi.

Ertesi gün, sabah erkenden Harem'e gittik. Onları İzmit otobüsüne bindirdim.

Sağ olsun büyük kızım Aylin, annesinin yokluğunu hissettirmedi. Yemeğimizi yaptı, çamaşırımızı yıkadı, her işimize koşturdu.

Aradan bir hafta geçti. Öğle saatlerinde dükkânın telefonundan Asiye aradı. Hüngür hüngür ağlıyor, arada bir şeyler söylüyor, fakat ben anlayamıyordum.

Sakin olmasını istedim. Ağlamaya devam edince biraz sert çıktım:

"Asiye, ne oldu? Söylesene!"

"Buraya gelmen lazım" dedi.

"Ayşegül'e bir şey mi oldu?" diye üsteledim.

"Ayşegül hasta" dedi.

"Nesi var? Kaza falan mı?"

"Yok, hayır, kaza değil; üşütmüş, hastanede şimdi."

Hemen yola çıktım. İki saat sonra Kocaeli Devlet Hastanesi'nin önündeydim. Kapıda beni baldızın kocası Hasan karşıladı. Erzurum'dan o sabah dönmüş. Birlikte içeri girdik.

Hastaların kaldığı bir odaya gideceğimi sanırken, kendimi morgda buldum.

Hasan omzuma dokundu, "Başın sağ olsun bacanak" dedi.

Başımdan aşağı kaynar sular döküldü. Olayın sıcaklığıyla ne yapacağımı, ne söyleyeceğimi bilemedim. Adeta dondum kaldım.

Hanım da oradaydı. Sıkı sıkı sarıldık, birlikte ağladık.

"Ne oldu kızımıza?" diye sordum.

Cevap veremedi.

Sonra yanımıza savcı geldi. O anlattı her şeyi.

"Ayşegül, önceki günün akşamı ekmek almak için dışarı çıkmış, ama geri dönememiş. Kızınızı kaçırmışlar."

"Kim kaçırmış savcı bey?"

"Elimizde tek görgü tanığı var. O da, ekmek aldığı bakkalın sahibi. Her şey bir anda olup bittiği için müdahale edememiş. Polis de onun ihbarı üzerine harekete geçmiş zaten."

Savcı, Asiye'ye bakarak devam etti:

"Sonra size haber vermişler."

Asiye başını salladı.

"Bakkalın ayrıntılı ifadesini aldık. Anlattığına göre, mahalledeki inşaatta çalışan iki işçi, kızın ağzını kapatıp bir arabaya bindirmiş. Bakkal tanımış ikisini de. Müşterileriymiş çünkü. Veresiye defterindeki kayıtlardan işçilerin isimlerine ulaştık. Hemen inşaata gittik. Baktık ki, bakkalın bize ihbar ettiği iki kişinin haricinde bir işçi daha firarda. Bir yandan polis, diğer yandan jandarma bütün gece onları aradı. Ne yazık ki, jandarma sabaha karşı kırsalda kızınızın cansız bedenine ulaştı. Başınız sağ olsun."

Asiye, savcının anlattıklarının bir kısmını biliyordu. Bense şok üzerine şok yaşıyor, Allahım şu yaşadıklarımız rüya olsun diye dua ediyordum.

Savcı devam etti:

"Acınızı anlıyorum, ateş düştüğü yeri yakıyor. Bunu söylemek benim için de çok zor, ama adli tabibin ön incelemesine göre kızınıza tecavüz etmişler" dedi.

"Nasıl olur!" diye haykırdım. "O daha on yaşında! Hangi şerefsiz bu yaştaki bir çocuğa böyle bir kötülük yapar!"

"Siz hiç merak etmeyin, üçünün de peşindeyiz" dedi savcı. "Olay yerinde kızınızın kaşkolu da vardı. Onunla boğduklarını düşünüyoruz. Ama kesin netice, ayrıntılı otopsi sonucunda ortaya çıkacak."

Dünyalar başımıza yıkılmıştı. On yaşındaydı benim yavrum. Hayatının baharında bile değildi. Nasıl kıymışlardı ona? Hangi insan bu kadar sapık ve vicdansız olabilirdi?

Ertesi gün hastaneden cenazeyi teslim alıp İstanbul'a getirdik. Ayşegülümü, canım kızımı, gözyaşları içinde Küçükyalı Altıntepe Mezarlığı'na defnettik. Sonra ben İzmit'e geri döndüm.

Olay yeri kırsal bölge olduğu için, soruşturmayı jandarma yürütüyordu. Adamlar yakalanana kadar, deyim yerindeyse jandarmanın kapısında yattım. Buldukları her izden ve neredeyse yaptıkları her operasyondan haberim oldu.

Olaydan tam yirmi gün sonra faillerin biri Düzce'de yakalandı. Yakaladıkları kişinin ihbarıyla da diğer failler Malatya'da yakayı ele verdi.

Hepsinin otuz yaşın üzerinde ve evli olduğunu öğrendim. Hatta çocukları da varmış.

Evlat nedir, bilmeleri gerekmiyor muydu? Nasıl yapabildiler, hâlâ aklım almıyor.

Jandarma karakolunda üçünü çapraz sorguya almışlar. Yaptıkları bütün pislikleri itiraf etmişler.

"Şeytana uyduk" demişler.

Güya içkililermiş. Sadece kaçıran ikisi değil, üçü birden tecavüz etmiş kızıma.

Ertesi gün, jandarma onları olay yerine götürmüş. Yaptıklarını bütün ayrıntılarıyla bir de orada anlatmışlar. Bana haber vermediler.

Ah ah! Haber vermiş olsalardı, yapacağımı bilirdim ben...

Hepinizi yalvarta yalvarta öldüreceğim

İstanbul'a döndüm.

Hanım ve çocuklar perişan haldeydi. Bir taraftan içim yanıyor, diğer taraftan güçlü görünmeye çalışıyordum. Acımı nasıl dindireceğimi bilmiyordum. Kendimi başı ve sonu olmayan bir boşlukta, yapayalnız hissediyordum.

Geceleri gözüme uyku girmiyordu. Her an onu düşünüyordum.

Ayşegül'ün, "Babacığımmm" deyip bana sarılışı; kâbus gördüğü gecelerde, "Baba, benim yanımdan hiç ayrılma olur mu?" deyişi; hafta sonu evden dükkâna sefertasıyla yemek getirişi; "Afiyet bal şeker olsun babacığım!" demesi gözümün önünden gitmiyordu.

Kızımı benden alan o üç yaratığın yakalanması bile acımı hafifletmemiş, aksine içimdeki öfke daha da büyümüştü.

Bir gece kendi kendime şöyle dedim ve rahatladım:

"Bir gün hepinizi yalvarta yalvarta öldüreceğim, göreceksiniz!"

Nihayet ilk mahkeme günü geldi çattı. Ben de duruşma salonundaydım. Hâkim delillere baktı ve çok uzatmadan "tutuklu yargılama" kararı verdi. Sanıklar konuşmadı.

İkinci duruşmada o üç şerefsiz, jandarma karakolunda verdikleri ifadeyi değiştirmeye kalktı.

"Biz o ifadeyi baskı altında verdik" dediler.

Sonra, savcının sunduğu delilleri ve içinde benim de olduğum şahitleri dinleyince suçu birbirlerine attılar. Duruşmanın sonundaysa, hepsi suçlarını yeniden kabul etti.

Bir tek, cezalarının kesileceği üçüncü ve son duruşma kalmıştı.

O gün kesin kararımı verdim. Üçünü de öldürecektim. Kusursuz bir şekilde planımı yapıp, işimi şansa bırakmamalıydım.

Önce bir silah, hatta iki silah bulmam gerekiyordu. İzmit'e yabancıydım, İstanbul'a da öyle; ama memlekette silah bulmak çocuk oyuncağıydı. Hiç vakit kaybetmeden otogara gidip, ilk Giresun otobüsüne bindim. Yol boyunca o şerefsizleri haklayacağım anı ve o an nasıl kuş gibi hafifleyeceğimi düşündüm.

Memlekete iner inmez, iki saat içinde bir tane on dörtlük şarjörlü, bir tane de toplu tabanca buldum.

Az vakit kalmıştı. Üç gün sonra karar duruşması görülecekti. Bir an önce planımı kesinleştirmem gerekiyordu.

İki ihtimal vardı.

Ya onları mahkeme salonunda vuracaktım ya da adliye çıkışında...

Tek kişi olsa, mahkeme salonu idealdi; ama üç kişiyi birden öldürmek çok zordu. Salondaki panikten yararlanıp kurtulabilirlerdi. Üstelik masum birinin kaza kurşununa kurban gitme olasılığı çok yüksekti. Her şey bir yana, adliyeye silah sokmak bile başlı başına bir sorundu.

O nedenle bütün dikkatimi adliye çıkışına yoğunlaştırdım. İki gün boyunca dikkat çekmemeye özen göstererek adliyenin önünde bekledim. Mahkemesi gelen suçluları nasıl getirip, nasıl götürüyorlar; onu takip ettim.

Tutuklu sanıkları adliye binasından kelepçeleyerek çıkarıyorlardı. Üstelik sanık sayısı birden fazlaysa, jandarma hepsini birbirine kelepçeleyip, öyle cezaevi aracına götürüyordu. Bu benim için büyük avantajdı. Birini vurduğumda diğerlerinin kaçma şansı kalmayacaktı.

En büyük sıkıntı, tutukluların yanındaki jandarma erleriydi. Üstelik hepsinin uzun namlulu tüfeği vardı. Üç tutuklunun yanında en az dört, en fazla altı asker olmalıydı. Ne yapıp etmeli, jandarma sorununu çözmeliydim.

Adliyenin önünde beklerken, askerlerin tüfeklerini omuzda taşıdıklarını fark ettim.

"Tabii ya!" dedim kendi kendime. "Bunu ben nasıl düşünemedim!"

Silahı önce çeken ben olacaktım. Üstelik iki elimde, iki tabanca olacaktı. Biri tutukluk yaparsa, diğeri kesin işimi görecekti.

Bir askerin silahını hazır etmesi için önce beni fark etmesi, sonra omzundaki tüfeği doğrultması, ardından tüfeğin kurma kolunu çekmesi ve en son emniyeti açması gerekiyordu. Halbuki ben, askerler daha tüfeklerini omuzlarından almadan, onları teslim alabilirdim.

Üstelik bir Karadenizli olarak tüfeğe, tabancaya alışkındım. Ama asker öyle mi! Adam yirmi yaşında! Bir an önce tezkeresini alıp hayatına devam etmek ister.

Planımın üzerinden tekrar geçtim.

Sordum kendime, "Acaba böyle bir durumda jandarma eri olsam, ne yapardım?" diye.

Önce mevcut şartları alt alta sıraladım:

Bir jandarma eri olarak;
Biri bana silah çektiyse,
Ben ona karşılık veremeyecek kadar yavaşsam,
Tezkereyi düşünüyorsam,
Memlekette yavuklum bekliyorsa,
Üstelik korumakla yükümlü olduğum kişiler üç tecavüzcüyse,
Vereceğim tepki ne olurdu?

Cevabım netti: Hemen silahımı yere bırakır, kenara çekilirdim.

Öfkem, mermi olup kafalarına yağdı

Mahkeme günü nihayet geldi. Ben duruşmaya katılmadım. Adliyenin önünde soğukkanlı ve kararlı bir şekilde ve tabii ki belimdeki silahlarla bekledim. Sadece her şeyin yolunda gitmesi için dua ettim. "Babacığımmm" diyen, "Yanımdan ayrılma" diyen, bana sefertasında yemek getiren, "Afiyet bal şeker olsun" diyen Ayşegülümü düşündüm.

Kapıda bir hareketlilik oldu. Önce jandarmaları gördüm. Tam hesapladığım gibi, kızımı katleden o üç yaratık, birbirine kelepçelenmiş halde, önlerine bakarak geliyordu.

Jandarmalardan biri sağdakinin, diğeri soldakinin koluna girmişti. Ortadakinin arkasında diğer jandarma konumlanmıştı. Dördüncü jandarma ise diğerlerinden daha kıdemli olmalıydı ki, sağdaki arkadaşının hizasında önlerinden yürüyordu. Hepsinin tüfekleri omuzlarındaydı. Adliyenin önü tam da istediğim gibi sakindi. Normalin dışında bir kalabalık ve hareketlilik yoktu.

Dikkatlice gözlerimle onları takip ettim. Zamanlama çok önemliydi. Adliye kapısı ile cezaevi aracı arasındaki yaklaşık elli metrelik mesafeyi yarıladılar.

"Allahım, beni utandırma!" deyip, belimdeki iki silahı çıkardım. Seri hareketlerle mermileri namluların ağzına verdim.

Vakit bu vakitti. Cezaevi arabasının yanına geldiklerinde, karşılarına geçtim.

"Silahına davranan olursa vururum!" diye bağırdım.

Sokaktan çığlıklar yükseldi. Elimdeki silahları görenler etrafa kaçıştı.

Öndeki asker bağırdı.

"Ne yapıyorsun sen? İndir silahını!"

"Bakın çocuklar, benim sizinle bir işim yok. Silahlarınızı yere koyun ve kenara çekilin. Yoksa siz de ölürsünüz."

O an askerlerin yüzlerindeki korkuyu hissettim. Ne dediysem yapacaklardı. Tekrar uyardım:

"Bir daha söylemeyeceğim. Silahlarınızı atın ve yana çekilin!"

Zaten tüfekleri omuzlarındaydı, bana karşılık vermeleri imkânsızdı. Bunu kendileri de biliyordu. Tahmin ettiğim gibi silahlarını yere koydular ve kenara çekildiler.

Blöf yapmıyordum. Çekilmeselerdi, dediğimi yapardım. Zaten gözümü karartmıştım. Orada babam olsa, ona da sıkardım.

Ve kızımı iğfal ettikten sonra canavarca öldüren o üç yaratıkla artık yüz yüzeydim. Üçü de birbirine kelepçeliydi. Aramızda iki metre ya var ya yoktu.

"Yapma" dediler.

"Biz yaptık bir cahillik, sen etme" dediler.

Yalvardılar.

Ok yaydan fırlamıştı artık. Öfkemi mermi yapıp kusmam gerekiyordu. Başka türlü içimdeki bu acı, beni ölene kadar rahat bırakmazdı.

Önce ortadakine ateş ettim. Diğer ikisi kelepçelerden dolayı yere yığıldı.

Orada bir şarjör boşalttım. On dört merminin on dördünü de kafalarına kafalarına sıktım. Toplu tabancaya lüzum kalmadı. Üçü de oracıkta geberdi.

Nihayet beklediğim huzura kavuşmuştum. Kızımın, Ayşegülümün intikamını almış, kanını yerde bırakmamıştım. Yaptığım şeyin sonucunu ise asla düşünmedim. İdam edilmek ya da ömür boyu hapislerde çürümek umurumda değildi.

"Sokakta başım önümde gezeceğime, mert gezer garip ölürüm" dedim kendi kendime.

Hiç kaçma girişiminde bulunmadım. Silahlarımı yere attım ve çok değil, bir dakika önce teslim aldığım jandarma çocuklara teslim oldum.

O hengâmede askerlerden biri kulağıma yanaştı.

"Abi, helal olsun, eline sağlık" dedi.

"Eyvallah" diye yanıtladım.

Cinayet Masası

Çok geçmeden polisler geldi. Beni kelepçeleyip Emniyet'e götürdüler. Nezarete atmalarını beklerken, kendimi başkomiserin odasında buldum.

Gençten bir polis önüme çay koydu, diğeri sigaramı yaktı.

Sonra, saçları beyazca bir komiser içeri girdi. Masanın öbür tarafına değil, tam karşıma oturdu.

"Cinayet Masası'na hoş geldin, Allah kurtarsın" dedi.

Teşekkür ettim.

Şaşırmıştım, polisin bu kadar hürmet göstereceğini tahmin etmiyordum.

Komiser devam etti:

"Delikanlı bir adama benziyorsun. Ne olduysa oldu, geriye almak imkânsız. Şimdi bize her şeyi delikanlı gibi anlatsan iyi edersin."

"Sağ olun komiserim. Yalnız, benim zaten saklayacak hiçbir şeyim yok" dedim.

Öncesiyle, sonrasıyla her şeyi bir bir anlattım.

"Silahı sana kim verdi?" diye sordu.

"Memlekete gittim; aldım, geldim" dedim.

"Kimse sana yardım etmedi mi?" diye üsteledi.

"Komiserim, ben Karadenizliyim. Silah bizde dolu! Çuvalla silah var memlekette" dedim.

İkna oldu. Olmadıysa bile olmuş gibi göründü.

Birlikte ikinci çayımızı içerken, "Keşke yapmasaydın. Eşin var, çocuğun var; şimdi asıl cezayı sen çekeceksin" dedi.

Sigaramdan derin bir nefes çektim.

"İyi güzel söylüyorsun da komiserim, yarın oldu ya, hükümet af çıkardı; bunların üçü de salınacak. Çıkınca bunlar durmaz ki! Başkalarına da musallat olur. On yaşındaki çocuğun ırzına geçen bu şerefsizler, yarın çıktıklarında kendi çocuklarına da tecavüz eder."

"Ama bak orası öyle değil, sağlıklı düşün..."

"Aması yok komiserim. Senin çocuğun var mı?"

"Var, ellerinden öper, üç tane."

"Allah bağışlasın... Evlat söz konusu olduğunda beni asarlar mı, ölene kadar hapse mi tıkarlar ya da adalet, hukuk, her neyse cezasını versin diye düşünemiyorsun. Şimdi sana ne kadar anlatsam, boş. Yaşayan bilir. Çünkü ateş düştüğü yeri yakıyor komiserim. Allah düşmanımın başına vermesin, böylesine büyük bir acı yaşamış babanın öfkesini ne olsa soğutamıyor. Sizse bana sağlıklı düşünmekten bahsediyorsunuz..."

Bir şey demedi. Belki de diyemedi...

Bir aslan geliyor!

İfademi imzaladıktan sonra beni Kocaeli Cezaevi'ne gönderdiler. Yol boyunca kafamın içinde serseri mayın gibi gezinip bir oraya bir buraya çarpan düşüncelerin içine daldım.

Otuz dokuz yaşındaydım ve hapse giriyordum. Yirmi sene boyunca uğruna emek verdiğim her şeyi yüzüstü bırakıp, sonu belli olmayan zorunlu bir yolculuğa çıkıyordum. Kafam karmakarışıktı. Bir günde hayatım geri döndürülemez bir geleceğin içine sürüklenmişti.

Cezaevine vardığımda, önce giriş işlemlerimi yaptılar. Sonra babacan bir gardiyan beni koğuşuma götürdü. Yatağımı ve eşyalarımı gösterdi. En son, "Allah kurtarsın" deyip demir kapıyı üzerime kapattı.

"Takk!"

O ses hâlâ kulaklarımdadır.

Daha yerime bile oturmadan etrafıma toplandılar. Meğerse herkes beni önceden duymuş. Gardiyanlar yaymış haberi.

"Bir aslan geliyor" demişler.

"On yaşındaki kızına tecavüz eden üç kişiyi adliye önünde geberten bir yiğit geliyor" demişler.

Koğuştaki elliye yakın kişiyle tanışıp tokalaştım. Övgü dolu sözler göğsümü kabarttı.

"Vay, abim benim!"

"Hoş geldin, sefa geldin..."

"Helal olsun sana..."

"Mıhlamışsın şerefsizleri..."

"Allah kurtarsın..."

"Allah hepimizi kurtarsın" dedim.

Çay, sigara ikram ettiler. Dışarıdaki yakınlarından gelen pastaları, börekleri paylaştılar.

Açıkçası böyle bir karşılama töreni beklemiyordum. Hapishaneye mi girmiştim, yoksa bir kutlamanın ortasına mı denk gelmiştim; anlayamadım.

Herkesi böyle karşılamadıklarına, özellikle bazı suçlardan içeri girenlerin nasıl şişlendiğine, nasıl intihara zorlandığına ve nasıl eziyetlere maruz kaldığına çok sonra şahit olacaktım.

Mahkeme

İki aylık tutukluluğun ardından hâkim karşısına çıktım. Hanım geldi sadece. Çocukları getirmemesini ben istedim.

Suçlamalar okundu ve savcı söz aldı.

Bilerek, isteyerek ve planlayarak üç kişiyi öldürmek ve devletin askerini rehin almak suçlarından idam cezası verilmesini talep etti.

Mahkeme usulü nedir bilmiyordum. "İdam" lafını duyunca kendimi tutamayıp ayağa fırladım. Hâkimin gözü fal taşı gibi açıldı. Muhtemelen, "Ne yaptığını sanıyor bu cahil!" diye düşünmüştür.

"Ver!" diye bağırdım. "Asın beni! Ne olacak ki! Hiç olmazsa namusunu temizledi, aslan gibi de idam oldu derler..."

Sonra hâkimin azarını yiyip yerime oturdum.

"Otur yerine! Mahkemede istediğin gibi ayağa kalkıp konuşamazsın. Atarım seni dışarı!"

Keşke beni o an duruşma salonundan atsaydı da aklım başıma gelseydi. Sonrasında bu çıkıştan yüz bulup başıma daha büyük dertler açmamın önüne geçebilirdi belki.

İlk duruşma uzun sürmedi. Öyle olurmuş zaten. Cezaevindeki arkadaşlar söylemişti.

"Gereği düşünüldü" dedi hâkim. Mahkemeyi ileriki bir tarihe erteledi.

Hâkim konuşurken hanıma bakmak için başımı çevirdim. O an arka sıralardan yaşlı biri, elindeki asasıyla zar zor yürüyerek benim oturduğum sanık sandalyesine kadar geldi. Beyaz saçlı, esmer, nur yüzlü bir adamdı.

"Ben, öldürdüğün çocuğun babasıyım. Eline sağlık" dedi.

Gözlerimin içine bakamıyordu.

Hiçbir şey söyleyemedim. Sadece anlamsızca başımı salladım.

Adam konuşmaya devam etti:

"Sen yapmasaydın, emin ol biz yapardık. Allah kurtarsın."

Jandarma ellerimi yeniden kelepçelerken, yanıma öldürdüğüm diğer iki çocuğun babaları da geldi.

Biri sırtımı sıvazladı, diğeri konuştu:

"Bu şerefsizlerin üçü de evli, üçünün de çocukları var. Biz evlatlıktan reddetmiştik zaten. Bizim yapamadığımızı sen yapmışsın, helal olsun."

Karara kadar toplam dört duruşma yapıldı. Hiçbir şeyi inkâr etmedim. Ne eksik, ne fazla; her şeyi bütün çıplaklığıyla anlattım.

Karardan önce hâkim sordu:

"Söyleyeceğin son bir şey var mı?"

"Sayın hâkimim, ben sadece kızımın kanını yerde bırakmadım. Suçsuzum" dedim.

"Gereği düşünüldü."

Herkes ayağa kalktı, ben de kalktım.

Hâkim, suçlarımı sıraladı.

1. Cinayeti bilerek, isteyerek ve en önemlisi tasarlayarak işlemişim.

Doğru. Bilerek, isteyerek ve tasarlayarak öldürdüm. Pişman da değilim.

2. Geberttiğim o insan müsveddeleri sübyan yerine geçiyormuş. Vurulduklar anda kendilerini korumaktan âcizlermiş. Çünkü elleri kelepçeliymiş.

Doğru. Elleri kelepçeliydi. Bilseydim jandarmalardan kelepçeleri çözmelerini isterdim. Ama o zaman da kaçmaya yeltenirlerdi. Bu kararda en fazla gücüme giden şey, devletin o sapıkları koruması oldu.

3. Devletin jandarmasını rehin almışım.

Doğru. Rehin aldım. Ne yapsaydım? O şerefsizleri korumalarına izin mi verseydim?

Hâkim başta, “Yüz bir sene” dedi.

Mahkeme salonundan bir uğultu yükseldi. Sonra hafifletici sebepleri sayınca biraz olsun rahatladım.

Toplamda yirmi dokuz seneye mahkûm oldum.

Karardan sonra söz istedim.

Sesim titriyordu.

“Sayın hâkimim, sizin başınıza böyle bir hal gelseydi, ne yapardınız?”

Salonda buz gibi bir hava esti. Hâkim aynı soğuklukla cevap verdi.

“Sen cezasını veremezsin. Kanun var.”

İşte o an tepemin tası attı. Zaten yirmi dokuz sene cezayı yemiştim.

Battı balık yan gider misali, “Kanunun da, senin okuduğun hukukun da...” dedim ve küfrü bastım.

Hâkim kıpkırmızı oldu.

“Öyle mi?”

“Öyle.”

“Sana altı ay hücre cezası veriyorum, aklın başına gelsin.”

“Ver” dedim. “Ver! Giderim yatarım aslanlar gibi!”

Verdi.

Arka sırada oturan Asiye, gözündeki yaşları siliyordu. Sanki beni değil, onu gönderiyorlardı hücreye. Duruşmanın sonunda yanıma geldi. Sarılmaya çalıştım, başaramadım. Yanımdaki jandarmadan, kollarımdaki kelepçeyi iki dakika çözmesini rica ettim.

"Yasak kardeşim, olmaz" dedi.

Israr ettim:

"Ne olur hanıma bir sarılsam?"

"Bizi rehin aldığın jandarmalarla karıştırma" diye karşılık verdi.

İşte o zaman işin ciddiyetini anladım. Hanıma sarılamadan beni cezaevi aracına bindirdiler.

"İstikamet, İzmit Cezaevi..." dedi jandarma çocuk.

Gittik.

Hücre

Hücreyi görünce bin pişman oldum, ama olan olmuştu artık.

Küçücük, kapkaranlık bir oda. Sadece demir kapının altından sızan koridor ışığı sana kılavuz oluyor.

Kapının tam karşısında bir karyola var. Önünde bir karyolalık boşluk daha... O boşluğun yarısını zaten tuvalet kaplıyor. Beş adım yürümek istesen, üçüncü adımda geri dönmek zorunda kalıyorsun.

Yemek vakti, iyi kötü bir şeyler getiriliyor. Yiyorsun. Başka çaren yok. Yaşamak için yemek zorundasın.

Ne saat, ne dakika! Zaman kavramın yok oluyor. Gündüz var, gece var sadece. Onu da demir parmaklıklı küçücük pencereden giren azıcık ışığa bakarak anlıyorsun. Hava kapalıysa, gündüzün geceden farkı olmuyor.

Canı isterse, gardiyan gelip seni havalandırmaya çıkarıyor. On beş dakika! Sadece on beş dakika... Boş avluda gözlerin güneşe alışana kadar bitiyor o süre, nasıl geçtiğini anlayamıyorsun.

Sonra yine o karanlık kuyunun içine atıyorlar seni. Düşüyorsun; hiç durmadan, karanlığı yara yara düşüyorsun.

Yüz seksen gün o kutunun içinde yaşadım. Yüz seksen gün kahrettim.

Kimse yok! Bir ben varım, bir de duvar... Kahrımı dinleyen bir tek duvarlar var.

Karyolada oturuyorsun. Tek başınasın. Düşün, düşün, düşün; sürekli düşünüyorsun.

Yaşadıkların beyninin içinde sürekli devridaim ediyor. Dur durak bilmiyor. Başını duvardan duvara vurmak, boynundan kesip ayırmak, ayaklar altına alıp ezmek istiyorsun.

Gözümü kapatıyorum. Karşımda Ayşegül beliriyor. Gülümsüyor babasına.

Kollarımı açıp, “Gel babacığım” diyorum. “Gel bak, buradayım!”

Yavaş adımlarla yürümeye başlıyor Ayşegül. Yürüyor, yürüyor, ama o üç adımlık mesafe asla bitmiyor. Tam bitti bitecek dediğim anda; kızım birden kayboluveriyor.

“Ayşegül, kızım, neredesin?” diye sesleniyorum. Hâlâ kollarım iki yanda açık, bekliyorum.

Öylece kalakalıyorum. Kavuşamıyoruz, kucaklaşamıyoruz kızımla.

Karanlığın içinde düşmeye devam ediyorum...

Gözlerimi açtığımda kendimi bambaşka bir yerde buluyorum. Sessiz, soğuk, eter kokulu, geniş bir salondayım. Mavimsi floresan ışıklar bir yanıp, bir sönüyor. İçerisi buz gibi, üşüyorum.

“Kimse yok mu?” diye sesleniyorum.

Kendi sesim karşı duvara çarpıp bana geri dönüyor.

Sonra etrafı incelemeye başlıyorum.

Duvara gömülü dolaplar var. Bakıyorum, bütün duvar o dolaplarla kaplı. Rastgele birinin kapağını çekiyorum. İç burkucu bir sesle açılıyor.

Hava iyice soğuyor, titriyorum. Dişlerim birbirine dokunuyor.

Dolabın içinde bir şey var. Üzeri bembeyaz bir örtüyle kaplı. Korkuyorum, hem de çok korkuyorum.

Sonunda cesaretimi topluyorum ve örtüyü ucundan tutup kaldırıyorum.

Gözlerimden yaşlar boşanıyor, kızımın cesediyle karşılaşıyorum.

Altı ay böyle geçti. Kura kura kendimi yedim bitirdim.

"Ölsem de kurtulsam" dedim ama, "Yapmasaydım keşke" hiç demedim. Hep, "İyi ettim" dedim. Başka türlü dayanamazdım, o gücü kendimde bulamazdım.

Koğuş

Bir gün kapı açıldı. Benim kafam iyice uçmuştu o sıralar.

Gardiyan dedi ki: "Hadi kalk, hücre cezan sona erdi. Seni koğuşa alacağız."

Önce durumu idrak edemedim. Havalandırmaya çıkarıyorlar sandım. Sonra fark ettim ki koğuşa gidiyoruz.

Koğuşun kapısı açılır açılmaz, herkes bir anda etrafımı sardı. Neye uğradığımı şaşırdım. Bir şeyler söylemek istiyordum, ama dilim dönmüyordu bir türlü. O altı ay içinde konuşmayı unutmuştum. Neyse ki çok uzun sürmedi.

Namus davasından içeride olmak, orada sana bir ayrıcalık veriyor. Üstüne bir de altı ay hücrede kaldıysan, senden büyüğü olmuyor.

Arkadaşlarla tek tek sarılıp öpüştüm. Ardından çaylar, kahveler, sazlar, sözler, muhabbet, yemek, her şey...

Cezaevinden tahliye olmuş gibi sevindiğimi hatırlıyorum. Ölümü gösterip sıtmaya razı etmek buna deniyor sanırım.

Hücre hayatı bana iki şey öğretti.

1. İnsanoğlu gerçekten garip bir varlık. Şartlar ne kadar zorlu olursa olsun her şeye, her yere uyum sağlayabiliyor.

2. Allah düşürmesin ama insana her yerde bir soluk arkadaşı lazım.

Cezaevinde hayat

Dört tane cezaevi gezdim. İzmit, Bolu, Kayseri, Afyon...

En kötüsü İzmit Cezaevi'ydi. Koğuşlar çok büyük, pencereler de bir o kadar küçüktü. İki kıdemli mahkûm cam kenarına oturduğunda, dışarıyı görmek imkânsız hale geliyordu. "Kalk, ben oturacağım!" da diyemiyordum. Gökyüzünü görmek için havalandırma saatini beklemekten başka çarem kalmıyordu.

Yüz seksen kişi aynı koğuşta yatıyorduk. Herkes benim gibi kader kurbanı değildi. Hırlısı hırsızı, katili canisi, gaspçısı dolandırıcısı; hepsi vardı. Bir tek terör suçlularını ayırıyorlardı.

Ağlayan, sızlayan, horlayan, uykusunda sayıklayan, gaz çıkaran, altını ıslatan, otuzbir çeken, kokusundan yanına yaklaşılmayan; her türlü insanı görmek mümkündü.

Büyük koğuşta kalmanın iyi tarafları da yok değildi. "İnsana her yerde arkadaş lazım" diyorum ya, bol bol arkadaş edindim.

"Bir askerlik arkadaşı, bir de cezaevi arkadaşı unutulmaz" derler. Gerçekten öyle. Kader birliği insanları çok sağlam kenetliyor. Bunu yaşayarak öğrendim.

Bir başka avantaj da mekân genişliğinin doğal sonucu; ister içeride volta at, ister ortayı boşaltıp top oyna... Kızanlar, söylenenler olsa da, çok keyifli zamanlar geçirebiliyorsun.

Hepsinden önemlisi, bütün bunlar daha az düşünmene ve yaralarının daha çabuk kabuk bağlamasına yardımcı oluyor.

Taş Kafa ve Kaptan

Cezaevinin çaylağı olduğum zamanlarda, koğuşa bizim mahalleden bir mahkûm gelmişti. Ben yatakta istirahat halindeydim.

"Aaa" dedim. "Bu adamı benim tanıyor olmam lazım."

Üst ranzadaki arkadaş başını sarkıttı.

"Öyle hemen sevinme."

"Nedenmiş o?"

"Bu adam ne suç işlemiş biliyor musun?"

"Hayır, neymiş suçu?"

"Yetimhanede kalan küçük bir erkek çocuğuna tecavüz etmiş."

Hemen yüzümün şekli değişti. Kızım aklıma gelmişti çünkü. Gayriihtiyari öfkelendim.

"Sen nereden biliyorsun?"

"Gardiyanlar söyledi."

"Onlar nereden biliyormuş?"

"Ohoo, onların kulağı keskindir oğlum. Uçan kuştan bile haberi olur onların."

Karşı ranzada Rizeli bir mahkûm vardı. Herkes ona "Kaptan" diyordu. Üç kişiyi vurmuş. İkisi felç olmuş, biri ölmüş.

"Taş Kafa, bana bak!" dedi.

Taş Kafa da Adanalı. Saçlarını sürekli kazıtan iriyarı bir tip. Koğuşun kıdemlilerinden.

"Ne var Kaptan?"

"Akşama hazırlık yap. Misafirimize güzel bir karşılama töreni yapalım."

"Ne karşılaması, ne töreni?" dedim kendi kendime.

Cevabını gece herkes yattıktan sonra öğrendim.

Önce aralarında fısır fısır konuştular. Sonra yeni gelen mahkûmun yatağına çullandılar. Rizeli Kaptan tuttu, Adanalı Taş Kafa adamı bağırta bağırta iğfal etti.

"Ulan biz burada ne için yatıyoruz? Sübyan iğfal edersin ha? Öyle değil, böyle s.kilir" dediler.

Böyle durumlarda karmaşık duygular hissediyorsun.

Bir tarafın, "Oh, iyi oldu!" derken, diğer tarafın acıyor, üzülüyorsun.

Adam sabaha kadar hıçkıra hıçkıra ağladı. Sesi hâlâ kulaklarımdadır. Hiç unutmadım.

Sabah uyandığımda yatağı boştu. Ne oldu, nereye gitti bilmiyorum. Sormadım da zaten.

Cezaevine tacizden, tecavüzden, sübyancılıktan düşme de; hırsızlık yap, adam öldür, başka bir suçtan gir içeri. Yoksa sonun böyle oluyor.

Koğuş ağaları

Her koğuşun bir ağası vardır. Ağanın ağzından çıkan her şey kanundur. Gardiyanlar bile ona bir şey yapamaz. Yanında, kendine bağlı ve ne dese yapacak on beş-yirmi fedaisi bulunur. Sadece içeride değil, dışarıda da bağlantıları, adamları vardır. Bazen koğuşa öyle bir korku salar ki, kimse uyuyamaz. Ona yamuk yaptıysan, gecenin bir yarısı uyurken karnına şişi yersin.

İyi koğuş ağaları da olur. Düzeni sağlar, gardiyanların, cezaevi yönetiminin yapamadığını yapar. Bir derdin varsa anlatırsın, çözüm bulur. Dışarıdan bir ihtiyacın olduğunda getirtir.

Bolu Cezaevi'ndeyken koğuşa bir mahkûm getirmişlerdi. Adı Fare Şaban'dı. Hırsızlıktan girmiş. Adam, önüne gelenle tuvalette oynaşıyordu. Yatağından kalkıp lavabo tarafına gittiğini görenler arkasında sıra oluyordu.

İş iyice aleni hale bürününce, koğuş ağası duruma el koymak zorunda kaldı. Çağırdı gardiyanı, "Alın bunu, milletin ahlakını bozdu bu ibne" dedi.

Ondan sonra Fare Şaban'ı alıp başka koğuşa götürdüler.

İçeride adamı şişlerler

Cezaevinde olmadık şeyler canı ister insanın. Mesele boğazsa, şanslısın. Dışarıdan getirtemeyeceğin yiyecek yoktur. Yeter ki yolunu yordamını bil.

Bazen de canın çok basit bir şey çeker.

Eskilerin gediklilerinden, defalarca içeri girip çıkmış, sonra tövbe etmiş ama üzerine atılan bir iftiradan dolayı tekrar cezaevine geri dönmüş yaşlı bir abimiz vardı.

Canı çekmiş demek ki, sabahın altısında sobanın üzerinde ekmek kızartıyordu. Kızarttığı çıtır ekmekleri takma dişlerini takırdata takırdata katıksız bir şekilde midesine indirirken, büyük keyif aldığı belliydi.

Uyanıktım ama yataktan henüz çıkmamıştım. Yaşlı abimizin yaptığı sabah keyfini sessizce ranzamdan seyrediyordum. O sırada ne olduysa, bir dilim ekmeği sobanın üzerinde unutmuş. Koktu tabii. Hem de ne koktu...

Psikopatın teki kokudan rahatsız olmuş. Kalktı yatağından, tuttu yaşlı adamın kafasını, sobanın üzerine yapıştırdı.

"Kim yaptı?" diye sordu gardiyan.

Kimse çıtını çıkarmadı.

Çünkü adam genç, güçlü ve kuvvetli. Haplanmış fedaileri de olur o tiplerin, yaklaşamazsın. Olan yaşlı adamcağızın yanan suratına oldu.

Maalesef cezaevinde suç üzerine suç olmuyor. Belki kanunda yazıyordur, ama o durum içerinin kendi kuralları içinde bir şekilde sindiriliyor. Kimse kimseyi ne şikâyet ne de ihbar ediyor.

Adalet ne yapsın!

Cezaevinin kendine özgü kanunları, kuralları var. Ya deveyi güdüyorsun ya da seni gecenin bir yarısı şişleyip tahtalıköye gönderiyorlar.

Başka şansın yok...

Uyuyamıyorum be dayı...

Aydınlı bir arkadaş vardı. Kendisiyle çok iyi anlaşırdık. Karısına tecavüz etmişler. O da tecavüzcüyü bulup vurmuş. Aileden zengin bir çocuktu. Para var ya, durumu da iyi ya, "Şişlerler beni" diye geceleri uyuyamazdı.

Bir gün dedim ki: "Sen uyu. Ben sabaha kadar beklerim başında."

"Sağ ol abi" dedi.

Uyudu.

Düzene alışana kadar geceleri başında bekledim. On-on beş günde bir babası ziyaretine gelir, harçlık bırakırdı. Aldığı harçlığın bir kısmını benimle paylaşırdı. Ben de o parayı hanıma gönderirdim.

Ne yapayım! İşim bozulmuş, bütün kurulu düzenim altüst olmuştu. Bundan sonraki tek amacım eşimin ve çocuklarımın sıkıntı çekmemesiydi.

Hanıma vekâlet verdim. Evi ve dükkânı satıp parasını bankaya yatırmasını istedim.

"Biz ne yapacağız, nerede kalacağız?" diye sordu.

"Başınızda bir erkek olması lazım. Benim buradan çıkıp çıkmayacağım belli değil. Babanın evine yerleş. O baksın size, ama ona da fazla yük olmayın. Bankadaki parayla çocukları okut, büyüt, evlendir" dedim.

Kayınpederin evinin müsait olduğunu biliyordum. O konuda içim rahattı. Üstelik kayınpeder beni, kızını ve torunlarını çok severdi. Mekânı cennet olsun, çok iyi adamdı. Yokluğumda ailenin her işine koştu, çocuklarımı evlendirdi, onlara babalık yaptı.

Cezaevinde de kunduracılık yaptım. Arkadaşların, gardiyanların ayakkabılarını tamir ettim, boyadım. Geçimimi böyle sağladım.

Kimseye bir kötülüğüm olmadı. Beni hem seviyorlar, hem

de oraya düşme nedenimden dolayı bana saygı duyuyorlardı. Sigaramı, yemeğimi, çayımı, param olmasa bile verirlerdi.

İçeride herkes "suçsuzdur"

Bazı günler duvar dibine oturur ağlardım. Eski hayatım, arkadaşlarım, çocuklarım aklıma gelirdi. Böyle anlarda her şey gözünün önünden geçer insanın. Seni kıranları ve üzenleri hiç kırılmadığın halleriyle hatırlarsın. Böyle böyle, yıllarca anılarımın esiri oldum.

Gözümü kapatırım, hemen karşımda Ayşegül belirir. En güzel yaptığı şeyi yapar, bütün masumiyetiyle gülümser. Sonra gelip boynuma sarılır. "Babacığımmmm seni çok seviyorum" der. O zaman ağlarsın işte. Gözünden gelen yaşları durduramazsın.

Sonra, başın öyle şiddetli ağrır ki, dayanamazsın. Boynundan koparıp atasın gelir. Kalbin küt küt atar, göğsün patlayacakmış gibi hissedersin.

Henüz yirmi iki yaşında bir delikanlı vardı. Cinnet getirip karısını ve oğlunu öldürmüş. O da çok ağlardı.

"Çok pişmanım be dayı" derdi bana.

"Ellerim kırılsaydı da yapmasaydım" derdi.

Geceleri hep sayıklardı. Ama ok yaydan çıkmış, bir daha geri gelmiyor.

Uyuyamıyordu garibim. Sabahlara kadar ayakta dolanıyor, bir o yana bir bu yana gidip geliyordu.

Bir gün dayanamayıp seslendim:

"Uyusana oğlum, ne dolanıp duruyorsun ortada?"

"Dayı, nasıl uyuyayım! Rüyama giriyor."

"Hem uyuyacaksın hem rüya göreceksin. Göre göre içindeki zehri atacaksın. Korkularının üzerine gideceksin. Mücadele edeceksin onlarla. Yoksa yaşayamazsın."

"Yaşamak isteyen mi var be dayı. Keşke ölsem de kurtulsam."

"Doğru, ölünce kurtulursun ama ya ölmezsen? O yüzden kendine bu işkenceyi çektirme."

Ya bana hak verdiğinden ya da ayakta durmaktan yorulduğu için, hiç sesini çıkarmadan geçti yattı yatağına.

Yaptığın iş ne olursa olsun, içindeki pişmanlığı büyüterek cezaevinde yaşayamazsın. Aksi halde zaten mahvolmuş hayatını bir de sen kendine zindan edersin.

Cezaevinde herkes, "Ben suçsuzum" der. Bu bir nevi kural gibidir.

Herkes "kader mahkûmu" olduğunu iddia eder. Bunun için illaki gerçekten benim gibi "kader mahkûmu" olmana gerek yoktur.

Çünkü içindeki o pişmanlığı, o suçluluk duygusunu bastıracak bir şeyler ararsın. Sonunda işlediğin suçu sahiplenir, "İyi ki yaptım" dersin.

Bütün bunlar, vücudun kendi sağlığını korumak için kullandığı bir kalkan, bir savunma mekanizmasıdır.

Yoksa, Allah muhafaza, kafayı üşütürsün.

Kiziroğlu Mustafa Ağa

Kafayı üşüten, keçileri kaçıran olmadı mı! Oldu tabii. Herkesin bünyesi her şeyi taşıyacak kadar kuvvetli olamıyor maalesef.

"Kiziroğlu Mustafa."

Ona bu ismi keçileri kaçırdıktan sonra taktık. Hikâyesini cezaevine yeni düşenlere anlata anlata gerçek adını herkes unuttu. Ben de unuttum.

Koğuş ağasıydı. Her dediği kanundu. Gücünü zenginliğinden ve dışarıdaki adamlarından alıyordu. Herkes adamın etrafında pervaneydi.

Tefecilikten girmiş cezaevine. Kendisine sorsan, İstanbul'da döviz bürosu zinciri sahibi, saygın bir işadamıydı.

Bir söz vardır. "Güvenme güzelliğine, bir sivilce yeter; güvenme zenginliğine, bir kıvılcım yeter" diye... Bu sözün haklılığına hem kendi hayatımda hem de çevremde defalarca şahit olmuşumdur.

Mustafa Ağa bir gün, dışarıdaki işlerini devrettiği oğlundan bir haber alıyor.

Diyor ki oğlu: "Baba iflas ettik."

"Nasıl?"

"Ortaklar şirketi borçlandırmış."

Bizim ağa inanmıyor oğluna. Adamlarına işin aslını soruşturmaları için talimat veriyor. Sonra öğreniyor ki, oğlu koskoca şirketi kadınlarla yemiş bitirmiş. Kendisine son tekmeyi de Rus sevgilisi atmış. Kadın, yanında götürdüğü iki milyon dolarlık ziynet eşyasıyla kayıplara karışmış.

Haberi alıp koğuşa girdiğinde ağanın yüzü bembeyazdı. Biliyordu ki, er ya da geç gerçekler ortaya çıkacak ve bu durum onun cezaevindeki saltanatına da son verecek.

Hiç hareket etmeden koğuşun ortasında kazık gibi dikildi. O sırada işin aslını bilmediğimiz için ağa ne yapacak diye meraktan çatlıyorduk.

Bir süre ortada put gibi duran ağa, avazı çıktığı kadar bağırarak şarkı söylemeye başladı.

"Kiziiiiiroğlu Mustafaaaaaa Beyyyyy! Birrrr beyin oğluuuu, zor beyin oğluuuu..."

Ondan sonra kendisini tımarhaneye götürdüler.

Kimse ondan bir daha haber alamadı.

Cezaevi bir insan müzesidir

Cezaevleri, geçmişten günümüze her çeşit insanı görebileceğin, yaşayan bir müze gibidir. Değerlendirmek isteyen, buraya bir tecrübe kaynağı olarak da bakabilir.

Mesela, bir sürü kiralık katille tanıştım. Hepsi psikopattı. Yıllar yılı almış parayı; vurmuş, kaçmış. Yine almış parayı; vurmuş, yine kaçmış. Çekirge misali, defalarca kaçtıktan sonra bir gün yakayı ele vermiş. Hepsiyle konuştum. Hayatlarının bittiğini, ömürleri boyunca bir daha dışarı çıkamayacaklarını öğrendiklerinde anlamışlar. Yazık, gerçekten çok yazık...

Başkasının suçunu üstlenenleri gördüm. Çoğu aileleriyle tehdit edilmiş. Onlar da susup kabullenmiş. Kimisine, "Aileni krallar gibi yaşatacağız, çocuklarını özel okullarda okutacağız" demişler. Sonra verilen sözlerin hiçbiri tutulmamış. Hepsi de kandırılmış.

İftiradan yatanları gördüm. O kadar çoktu ki! Ya hepsi doğru söylüyordu ya da kendilerini öyle kandırma yolunu seçmişlerdi. Başkası cinayet işlemiş, suçu bunların üstüne atmış... Masum olduklarını ispat edememişler... Kimisi de yanlış zamanda, yanlış yerde bulunduğu için kader mahkûmu olmuş...

En fazla üzüldüklerim intihar edenlerdi. Kafa sağlığını kaybetmenin belki de en son raddesi...

Şüphesiz bazı önlemler alınıyor. Mesela içeride bağcıklı ayakkabı yasaktır. Ama engel değil ki! Adam gömleğini, çarşafını ip yapıp tuvalette kendini asıyor.

Bir de intihara mecbur edilenler vardır. Bunu özellikle tecavüz suçlularına yaparlar.

Onlara ikisi de ölümle sonuçlanan iki seçenek sunarlar:

"Ya kendi namusunla intihar edersin... 'Pişmanlıktan kendi canına kıydı ya da suçsuzdu, dayanamadı, kendini astı' derler. Ya da biz seni köşeye sıkıştırıp şişleriz... Gazeteler senin için, *'TECAVÜZCÜ SAPIK ŞİŞLENDİ'* manşeti atar; ailen, çocukların insan içine çıkamaz" derler.

Böyle böyle, tüm cezaevi hayatımda bir düzine ceset gördüm.

Hep şunu söylerim: İçeride olan dışarıda olmuyor. Bunu ancak yaşayan bilir. Cezaevleriyle ilgili gazetelere ve televizyonlara yansıyanlar buzdağının sadece görünen kısmıdır. Cezaevlerini anlatan filmlerde gördüklerinizin çoğu doğrudur. Ama dışarıdan izleyenler, "Bu kadar da olmaz" der.

Hiçbir şey olmasa, ufak tefek hırsızlıklar olur. Dolabından kıyafetini, çorabını, iç çamaşırını çalarlar. Üstelik utanmadan sıkılmadan gözünün önünde giyerler.

Velhasıl, içeriye namuslu girip, oradan namuslu çıkmak zordur.

Ben yine iyi dayandım...

Cezaevine ne sokulur, ne sokulmaz?

Cezaevi hayatım boyunca yanımda hep bıçak taşıdım. Öyle sanıldığı gibi, içeriye bir şey sokmak o zamanlarda çok zor değildi. Hapından uyuşturucusuna, tabancasından bıçağına, şişine; hepsi vardı.

İstediğin her şeyi içeriye sokabilirsin. Sen yeter ki paradan haber ver! Paran varsa senden kralı yoktur, arkan her daim sağlam olur.

Açık görüş günlerinde, mahkûm yakınları tencere, kova ya da bakraç içerisinde yiyecek, içecek getirirdi. Ancak iyi niyetliler olduğu gibi, kötü niyetliler de eksik olmazdı.

Jandarma, "Ne var bunun içinde?" diye sorar, şüphelenirse açıp bakar, şüphelenmezse, "Geç hadi" derdi.

İçeride tencereler tavalar, kovalar, bakraçlar açılır; üzeri envai çeşit yemekle, yoğurtla, peynirle maskelenmiş tabanca, bıçak, şiş, ithal sigara, porno dergi ya da içeriye sokulmasına izin verilmeyen ihtiyaç ne ise çıkardı.

Aslında gardiyanların çoğunun bütün bunlardan haberi oluyordu. Ya korkularından ya iş düşer kaygısıyla ya da aldıkları rüşvetten dolayı ses çıkarmıyorlardı.

Bütün gardiyanları töhmet altında bırakmak istemem. Aralarında namuslu olanları çoğunluktaydı. Ancak bazıları vardı ki, cezaevine fahişe soktuklarını bilirim. Parası olana satıyorlardı. Hiç mi bunların kendi kızı, eşi yok? Anlamak mümkün değil.

İçeride esrar içmeyen, en azından denemeyen yok gibiydi. Ben hayatımda hiç içmedim. Nereden, nasıl geldiğini bilmem. Ama bildiğim bir şey var ki, içeride alenen uyuşturucu satışı yapan mahkûmlar vardı. Kendi gözlerimle defalarca tanık oldum.

Şimdi öyle mi! İçeri topluiğne bile sokamıyorsun. O makine sigara jelatinine bile ötüyor. Bizim zamanımızda bu kadar sıkı değildi. Hatta hiç sıkı değildi.

Alkollü içkileri içeri sokma yöntemlerine ise hayran olmuştum. Bir gün koğuş ağasına kocaman bir Adana karpuzu gelmişti. Karpuzu gören herkes seviniyordu. O zamanlar daha yeniydim.

"Altı üstü karpuz! Bu sevinç gösterisi ne ola ki?" dedim yanımdaki arkadaşa.

"Süt o, süt" diye yanıtladı.

"Ne sütü yahu? Bildiğin karpuz" dedim.

"Şimdi anlarsın" dediği anda büyük bir uğultuyla karpuzu kestiler.

O an koğuşun içini keskin bir anason kokusu sardı. Meğer karpuzun içine iğneyle rakı şırınga etmişler.

Çok şaşırmıştım.

Anne, babam nerede?

Ben içeride bin bir türlü insanla ve dertle uğraşırken, dışarıda hayat devam ediyordu. Yıllar yılları kovaladı; arkadaşlar, koğuşlar, gardiyanlar, müdürler, cezaevleri, şehirler, hükümetler, başbakanlar, cumhurbaşkanları değişti. Ben hâlâ yerimde sayıyordum.

Sanki cezaevine girdiğim 1984 yılında zaman sadece benim

için durmuş, başkaları için ilerlemeye devam etmişti.

1984; kızımı, ailemi, işimi, bütün düzenimi, hayatımı elimden alan yıl olmuştu. Elimden gelse, tarihten 1984'ü sildirir, takvimleri 83'ten direk 85'e bağlardım.

Cezaevine girdiğimde oğlum Erdem, altı yaşındaydı. Tam kendini tanımaya başladığı ve tam da babasına ihtiyaç duyduğu yıllarda yanında olamadım. Bunun nasıl bir acı olduğunu anlatamam.

Açık görüş sırasında, eşim Asiye, Erdem'le aralarında geçen bir diyalogdan bahsetti.

"Anne, babam nerede?"

"Baban Libya'ya çalışmaya gitti yavrum."

"Anne, babama telefon edelim mi?"

"Yavrum, Libya'da telefon yokmuş."

"Anne, babam neden Türkiye'de çalışmıyor?"

"Libya'da iş bulmuş oğlum, hem orada daha çok para kazanıyor. Dönünce ne istersen alacak."

"Ama anne, bütün arkadaşlarımın babası akşam eve geliyormuş. Bana, 'Senin baban neden akşam eve gelmiyor?' diye soruyorlar."

Durum, oğlumun arkadaşlarının meraklı soruları boyutuna gelince, kendisine gerçeği söylemek zorunda kalmışlar. Çünkü benim cezaevinde olduğumu başkalarından duyması, ailesine olan güvenini çok kötü etkilerdi.

Aslan oğlum, tam bir erkek gibi büyük bir olgunlukla karşılamış gerçeği. Hatta cezaevinde beni ziyaret edebileceğini öğrenince sevinmiş bile. Dünyalar onun olmuş.

Şimdi büyüdü, kocaman adam oldu. Meslek lisesinde elektrik bölümünü bitirdi.

Bir gün, tek başına beni ziyarete geldi. Kızımı iğfal eden o üç şerefsizin çocukları kendisini tehdit etmiş.

"Öldüreceğiz seni!" demişler.

"Baban bizim babalarımızı vurdu, biz de seni vuracağız" demişler.

"Ne yapayım baba?" diye sordu.

Elim kolum bağlandı. Bir şey diyemedim.

Bilmiyorlar mıydı bu çocuklar babalarının yediği haltı? Yıllar önce mahkemede büyükbabaları benden özür dilememiş miydi! "Sen yapmasaydın, biz yapardık" dememişler miydi!

"Demek ki çocuklara söylemediler" dedi oğlum.

Haklıydı. Nasıl söylesinler! Bir çocuğa, "Senin baban aslında sapık bir tecavüzcü" nasıl denir!

Düşün taşın, işin içinden çıkamadım.

Tam ziyaret saati biterken kafamda bir ışık yandı.

"Hemen dilekçeni ver, askere git" dedim.

"Ama baba, annemi nasıl tek başına bırakırım?"

Gardiyan, her zamanki gudubet sesiyle, "Görüşme bitti" diye bağırdı.

Acele ve net konuştum:

"Hiç itiraz istemiyorum. Hemen dilekçeni veriyorsun. Bir de seni kaybedemem. Belli, gözleri dönmüş bunların. Annenle ben konuşurum."

Boynunu büküp, "Tamam" diyebildi.

Vedalaştık.

Ailem olmasa, dayanamazdım...

Erdem üç ay sonra askere gitti. Fakat döndüğünde, onu yine rahat bırakmadılar. Bu işi nasıl bir kan davasına dönüştürdüler, anlamak mümkün değildi. Birilerinin onlara babalarının yaptıklarını anlatması gerekiyordu. Ama nasıl?

Son çare olarak, İzmit'teki bacanağın yardımıyla Erdem'i Türkmenistan'a gönderdik.

Canım oğlum beni hiç habersiz bırakmadı. Yazdığı mektuplar içeride bana hep güç verdi, umut oldu. O mektupları hâlâ saklar, arada bir okurum.

Şimdi Aşkabat'ta güzel bir işi var. Hatta Türkmenistanlı bir kızla evlendi. Kendine yeni bir hayat, yeni bir düzen kurdu.

Büyük kızım Aylin, evlenip Nazilli'ye yerleşti. Dünyalar güzeli iki çocuk doğurdu. Torunların resimlerini ilk gördüğümde gözyaşlarıma hâkim olamamıştım. Şimdi büyüdüler, biri Ankara'da, diğeri İzmir'de okuyor. Ama hâlâ başıma gelenleri bilmiyorlar.

Hücre cezası aldığım altı ay dışında hanım hep ziyaretime geldi. Zaman zaman yanında çocukları da getirdi. Beni hiç yalnız bırakmadılar. Saygıda kusur etmediler.

İçeride bu kadar yıl dayandıysam, onların sayesindedir...

Oy Asiye, Asiye...

1999 yılının sonbaharıydı. Kayseri Cezaevi'ndeydim. Hanımın ve çocukların ziyaretlerinin arası epey açılmıştı. Yanlış anlaşılmasın, serzenişte bulunmuyorum. Sonuçta İstanbul-Kayseri arası öyle her canın istediğinde gelinebilecek kadar kısa bir mesafe değildi.

Bir sabah, arkadaşlarla avluda hava alırken gardiyan seslendi.

"Fotin! Müdür seni çağırıyor."

Şaşırdım. Herhangi bir vukuat olmadan müdür kolay kolay kimseyi çağırmazdı.

"Düğün değil, bayram değil, müdür neden beni çağırıyor?" diye sordum.

"Gidince öğrenirsin" dedi.

Gittim.

Müdür beni odasının kapısında karşıladı. Beraber içeri girdik. Masanın üzerindeki yeşil renkli telefon açıktı. Ahize, sumenin üzerinde yan yatmış duruyordu.

Nazilli'deki kızım Aylin telefon etmiş.

"Telefon saati değil" denince acil olduğunu söylemiş. Bunun üzerine cezaevi müdürüne bağlamışlar.

Kötü giden bir şeyler vardı. Anlamıştım.

Aldım elime ahizeyi, "Alo" dedim.

Karşıdaki ses cevapladı:

"Baba, ben Aylin."

"Nasılsın kızım? Hayırdır, bu saatte apar topar müdürün odasına çağırdılar beni?"

Ağlamaya başladı.

"Baba, annemi kaybettik."

Neye uğradığımı şaşırdım. Ellerim titremeye başladı.

"Kızım... Ama nasıl?"

"Baba, geçen sene anneme kanser teşhisi konmuştu. Sana söyleyemedik."

Asiye'nin son altı ay neden ziyaretime gelmediği anlaşılıyordu.

Aylin devam etti:

"Kolon kanseriydi, Allah onu yanına aldı baba, kurtardı. Son birkaç aydır çok acı çekiyordu."

Derin bir of çektim. Şu hayattaki derdim, çilem bitmiyordu.

Hayattaki tek dayanağım Asiye'ydi. O da benim gibi kader mahkûmuydu. Kim bilir, neler çekmişti dışarıda? Bana hep, "Her şey yolunda bey. Sen gönlünü ferah tut. Allah seni başımızdan eksik etmesin" derdi.

Bir an nefes alamadığımı hissettim. Göğsüm patlayacak gibi oldu. Sonrasını hatırlamıyorum.

Cezaevinde olmasaydım, ölecektim

Uyandığımda hastanedeydim. Vücuduma ne olduğunu bilmediğim birçok alet takmışlardı.

Öğrendim ki, telefonla konuşurken kalbim durmuş. Hemen revirdeki doktorlar yetişmiş. İlk müdahaleyi müdürün odasında yapmışlar. Cezaevinde olmasaymışım, hayatta kalmam imkânsızmış.

"Aort damarın tıkanmış" dedi doktor. "Bacağından damar alıp kalbine yamadık."

"İyi bok yemişsiniz" demek geldi içimden. Ama sustum.

Bıraksaydınız da ölseydim olmaz mıydı? Hayatım zaten mahvolmuştu. Tek dayanağım, can yoldaşım da gittikten sonra ne işim vardı benim bu zalim dünyada?

Uzun süre kendime gelemedim. Cezaevi koşulları uygun olmadığından, tamamen iyileşene kadar beni taburcu etmediler.

Tam altı ay hastanede kaldım. İçeride en azından arkadaşlarla muhabbet etme imkânım vardı. İlaç kokusu, suratsız hemşireler, çalışmaktan bezmiş doktorlar, sürekli dert anlatan hastalar gerçekten eziyet gibiydi.

Koğuşa geri döndüğümde yine görkemli bir törenle karşılandım.

Sazlar, sözler, çaylar, börekler, muhabbet, hatta karpuzlu rakı...

Yıllar önce hücre cezasının ardından yaşadıklarımı hatırladım.

Mutluluk güzel şeydi vesselam. Hayatımdaki bütün mutlu anları alt alta yazsam, sanırım önemli bir kısmı cezaevinden çıkardı.

Hayat işte...

Ey Rahşan, sen çok yaşa!

Ve işte hayatımın en mutlu günü...

22 Aralık 2000, Cuma.

O meşhur Rahşan Ecevit affı.

Bizim koğuşta televizyon yoktu. Mutlu haberi akşam saatlerinde koğuşa gelen gardiyan verdi.

"Af çıktı! Gözünüz aydın" dedi.

Afyon Cezaevi'ndeydim. On yedi yıldır içerideydim. Yirmi dokuz yıllık cezamın bitmesine daha on iki sene vardı.

Önce inanamadık.

"Kimlere çıktı?" diye sorduk gardiyana.

"Herkese" dedi.

Neye uğradığımızı şaşırmıştık. Ceketini, gömleğini yırtanı mı ararsın, sevinçten yerlerde sürüneni mi, hüngür hüngür ağlayanı mı! Bütün koğuşlarda bayram havası vardı.

Af çıktıktan ancak yüz gün sonra bizi saldılar. On yedi sene su gibi akıp geçti de, o yüz gün geçmedi. Heyecandan kimsenin içi içine sığmıyordu. Hayaller kuruluyor, dışarı çıkınca yapılacaklar bir bir planlanıyordu.

Bir gün müdür hepimizi topladı.

"Af çıktı diye dışarıda yine azgınlık yapmayın" dedi.

Sanki azgın olduğumuz için cezaevindeymişiz gibi...

"Af yasası, aldığınız cezayı silmiyor. Sizi sadece şartlı tahliye ediyor."

Arkadan biri, "Şartlı tahliye ne demek?" diye sordu.

Cezaevinin gediklileri, "Bak sen çömeze..." diye dalga geçtiler soruyu soran mahkûmla.

"Ananıza küfretseler, kafanızı çevirip yolunuza devam edeceksiniz. Yoksa cezanıza kaldığınız yerden devam edersiniz" dedi cezaevi müdürü.

Ortalığı derin bir sessizlik kapladı. Her şeyi bildiklerini sanan gedikliler bile suspus oldu.

Ey özgürlük!

Nihayet beklenen gün geldi. 2001'in güneşli bir Nisan sabahı hepimiz tahliye olduk.

Önce yere çöküp toprağı öptüm.

"Allahım, sana şükürler olsun" dedim, dua ettim.

Arkadaşlarla sarılıp helalleştik. Birbirimizin telefon numaralarını ve adreslerini alıp ayrıldık.

Türkmenistan'dan oğlum ve Nazilli'den kızımla damadım beni karşılamaya gelmişti. Damatla ilk kez orada tanıştım.

Mutluydum. Eski günlerdeki gibi yine bir aradaydık.

Buruktum. Keşke eşimle küçük kızım da olsaydı. Keşke bunların hiçbiri yaşanmasaydı. Damadın arabasına atlayıp hep birlikte güle oynaya Nazilli'ye gittik.

Oğlum çok kalamadı. İşinden izin alamamış. Ertesi gün Aşkabat'a dönmek zorunda kaldı.

Vedalaşırken gözyaşlarını tutamadı.

"Baba, çok özür dilerim. Sırf seni görmek için geldim, ama patron üç günden fazla izin vermedi. Gönül koyma olur mu?" dedi.

"Düşünüp gelmen yeter, beni çok mutlu ettin. İşini ihmal etme, gelinime iyi bak" dedim.

Ayrıldık. O günden sonra oğlumu bir daha hiç görmedim.

Dışarıya, ev yemeklerine alışmak kolay olmadı. Çoğu zaman kendimi hâlâ cezaevinde sanıyordum. Allah razı olsun, benimle çok iyi ilgilendiler. Bir dediğimi iki etmediler. Ama ben onların yanında rahat edemedim.

Dile kolay, on yedi sene içeride kaldıktan sonra, bazı alışkanlıklarından vazgeçemiyorsun. Günde üç dört paket sigara içiyordum. Gece öksürüyordum. Büyük ihtimal horluyordum da. Rahatsız olmalarından, kızımla damadımı huzursuz etmekten çekiniyordum.

Kızıma, İstanbul'a gitmek istediğimi söyledim.

Üzüldü. "Bir hata mı ettik, saygıda bir kusurumuz mu oldu babacığım?" dedi.

"Yok kızım, olur mu öyle şey! Bana çok iyi baktınız. İstanbul'u özledim sadece."

Yalan değildi. Deyim yerindeyse İstanbul'un havası burnumda tütüyordu.

"Peki baba, nerede kalacaksın? Ev mi kaldı İstanbul'da!"

"Arkadaşlarım var kızım. Hem eskiden kalma bazı alacaklarım var. Umutlu değilim ama onları da takip etmek istiyorum."

"Olmaz" dedi, ısrar etti; sonra el mahkûm, razı oldu.

Cebime harçlığımı koyup ertesi gün beni İstanbul otobüsüne bindirdiler.

Yollar, yollar

Yolda beni yine düşünceler sardı.

Otuz dokuz yaşında girdiğim cezaevinden, elli altı yaşında çıkmıştım. İşim yoktu. Evim yoktu. Küçük kızım ve eşim ölmüştü. Oğlum Türkmenistan'da kendine yeni bir hayat kurmuştu. Büyük kızım, kocası ve çocuklarıyla Nazilli'de yaşıyordu.

Beni İstanbul'a bağlayacak hiçbir şey kalmamıştı. Sahi, neden gidiyordum ben İstanbul'a? Üstelik beş parasızdım. Hayatıma nasıl devam edecektim? Yeniden mutlu olabilecek miydim?

Cevapsız sorular ve bilinmeyen bir gelecek... İçimi birden umutsuzluk kapladı. Utanmasam, daha yeni çıkmışken cezaevini özlediğimi düşünecektim.

Başımı cama yasladım.

Yol çizgilerini takip ede ede uykuya daldım.

Ah güzel İstanbul!

Gözlerimi açtığımda Harem Otogarı'na gelmiştik.

"Nasıl da uyumuşum" dedim kendi kendime.

Güzel İstanbul'u, Boğaz'ın muhteşem havasını, martı seslerini, o karmaşayı, o hayatı; hayatın ta kendisini özlemiştim.

Otobüsten inince içimi bir merak ve heyecan kapladı. İlk günümü gezmeye, "yeni İstanbul"u keşfetmeye ayırdım.

Şehir çok değişmişti. Eski binalar yıkılmış, yerine daha büyükleri yapılmış, nüfus ikiye katlanmış, daha önce hiç görmediğim envai çeşit araba trafiğe çıkmıştı. İnsanların yürüyüşünde bile bir gariplik vardı. Daha önce hayvanların otladığı tepeler, derme çatma gecekondularla dolmuştu.

Mavi ile yeşilin hüküm sürdüğü İstanbul, yıllar geçtikçe grileşmişti.

Akşam olunca, cezaevinden tanıdığım Çarşambalı bir arkadaşın gecekondusuna misafir oldum. Damdan düşenin halini ancak damdan düşen anlıyor. Onun da eşi yakın zaman önce vefat etmişti. Bütün gece konuştuk, eski günleri yâd ettik.

İçeride herkes ona "Buzdolabı" derdi. Soğuk biri olduğundan değil, vurduğu adamın cesedi, evinin buzdolabından çıkmış, ondan.

"Neden yaptı, husumet neydi?" diye bugüne kadar hiç sormadım.

Sorulmaz zaten. Doğru ya da yanlış, herkesin kendine göre nedenleri olur.

"Sıkıldım be Fotin!" deyip derin bir of çekti.

"İstanbul'un tadı kaçtı. Bu şehir büyüdükçe, daha da küçüldüğünü hissediyor insan."

"Sen mi, ben mi abi! Bütün gün şehri dolaştım. Boğaz olmasa; camiler, surlar olmasa; on yedi sene önce bıraktığım şehir burası mı, anlayamazdım."

"Sadece şehir değil Fotin, insanlar da bir garip oldu burada. Kimse kimsenin yüzüne bakmıyor, kimse selam vermiyor. Herkes deli gibi bir yerden bir yere koşturuyor. Neden? Para kazanmak için. Para kazanıp ne yapacaklar? Güya mutlu olacaklar. İstediklerine ulaşsalar gam yemeyeceğim. Mutluluk uğruna çekilen onca eziyet onları ancak hasta ediyor. Sonra kazandıkları bütün para ilaca, doktora gidiyor."

"Son yine aynı son..."

"Sen çok yaşa e mi Fotin! Bağlıyorlar çeneni, tıkıyorlar kıçına pamuğu, bir top beze sarıp toprağın altına gömüyorlar. Hepimizin sonu aynı..."

"Allah gecinden versin abi."

"Allah herkese hayırlı ömür, hayırlı ölüm versin Fotin. Bak halime! Ne arayan var, ne soran... Eşim öldü. Çocuklar desen, her biri başka yerde. Kararımı verdim. Yarın memlekete gideceğim. Rahmetli babamdan kalan ahşap bir ev ve fındık bahçeleri var. Onca yıl beton duvarlar arasında yaşadıktan sonra, bu beton şehirde ölmek istemiyorum. Bundan sonra kendi memleketimde toprağa yakın yaşamak istiyorum."

"Haklısın abi, sen böyle konuşunca kendimi düşünmeden edemiyorum. Oğlan Türkmenistan'da, kız Nazilli'de, hanım mezarda. Ne kalacak yerim var, ne de çalışacak işim..."

"Kal burada. Tamam, biraz salaş ama hiç yoktan iyidir. Zaten ben memlekete gidiyorum. Elektriğini suyunu öder, yaşar gidersin."

"Sahi mi söylüyorsun abi?"

"Tabii canım. Hem evde birileri olur. Belediye boş olduğunu anlarsa yıkar burayı. Geçen hafta yukarıdaki mahalleden başladılar zaten yıkmaya. Devletin betonlaştırma müdürlüğü –TOKİ mi diyorlar, MOKİ mi! Öyle bir şey– büyük siteler yapacak diyorlar."

"Hay sen çok yaşa be Buzdolabı! Ben de ne yapacağım, nerede kalacağım diye kara kara düşünüyordum."

"Bana Buzdolabı deme, bozuşuruz bak!"

"Özür dilerim abi..."

Hayat devam ediyor

Buzdolabı ertesi gün memleketine gitti. Ev bana kalmıştı. Tek sorunum vardı. O da işti. Hayatımı sürdürebilmem için çalışmam gerekiyordu.

Bildiğim tek iş kunduracılıktı. Zaten bu yaştan sonra başka bir iş yapamazdım. Dükkân kurmak, malzeme almak için sermayem yoktu.

Ancak sorun bununla bitmiyordu. Çünkü dünya değişmiş, kunduracılık ayağa düşmüştü. Artık kimse ayakkabısını tamir ettirmiyordu.

Zaten eskisi gibi sağlam ayakkabılar da yoktu. Eskiden ayakkabı eskir, tamir edilir, gerekirse köselesi ya da tabanı değişir, yamanır, tekrar giyilirdi.

Şimdi nasıl? İnsanlar ayakkabısını eskiyene kadar değil, sıkılana kadar giyiyor. Sonra o adi seri üretim paçavraların yenisini satın alıyor.

Küçük imalathaneleri, merdiven altı çakma işler yapan ayakkabıcıları gezdim. Onun bunun yanında ne bulursam, nerede ihtiyaç varsa, üçe beşe bakmadan çalıştım.

Peşimdeler

İstanbul'a geldiğim ilk günlerde, iş bakmak için eski mahalleme uğramıştım. Önce, belki bir tanıdık bulurum umuduyla eskiden takıldığım kahvehaneye girdim. Oturup demli bir çay istedim.

Arkamdan bir ses, "Fotin!" diye seslendi.

Döndüm baktım, bizim muhtar. Sarıldık.

"Ne zaman çıktın?"

"Üç gün oldu, Rahşan Abla sayesinde."

"Evet, boşalttılar cezaevlerini. İyi oldu. Sen nasılsın, neler yapıyorsun?"

"İçeride ekmek elden, su göldendi. Dışarıda kimse kimsenin gözünün yaşına bakmıyor. İş arıyorum."

"Dünya o eski dünya değil Fotin. Ekmek aslanın midesine girdi, kimseye zırnık koklatmıyor."

"Ne yapalım be muhtar! Bir şekilde yaşamaya çalışacağız."

"Hepimiz aynıyız. Ülkenin çivisi çıktı Fotin. Biri anayasa

kitapçığı fırlattı diye dolar altı yüz bin liradan bir milyon iki yüz bine fırladı. Herkes borçlu, herkes kepenk kapatıyor. İflas edenler sokaklarda cinnet geçiriyor. Ne olacak, bilmiyoruz."

"Muhtar, beni bilirsin. Bu mahalleye çok emeğim geçti. Zorda olan, dara düşen hep bana gelirdi. Herkese yardım ederdim. Ama şimdi aynı duruma ben düştüm. Çok sıkışık durumdayım. Var mı tanıdığın, yanında çalışabileceğim bir kunduracı?"

"Ben arkadaşlara sorup soruşturayım. Sen arada bir buralara uğra. İnşallah çıkar bir şeyler."

"İnşallah muhtar, Allah razı olsun."

"Geçenlerde gençten iki kişi geldi. Seni sordular. Tiplerini gözüm tutmadı. 'Yok öyle biri mahallede' dedim. Sonra duydum ki, kahveye de gelip sormuşlar. Neler oluyor Fotin, kim onlar?"

"İyi etmişsin muhtar. Kızımı öldüren o şerefsizlerin çocukları... Bizim oğlana da musallat oldular."

"Yapma ya! Sahi, o nerede? Büyümüştür bayağı."

"Bacanağın yardımıyla Türkmenistan'a gönderdik. Yoksa vuracaklardı çocuğu."

"Anlamıştım zaten hayırlı bir durum olmadığını. Yine gelirlerse, ben onlara yapacağımı bilirim."

"Senin bir şey yapmana gerek yok muhtar. Allah korusun, sana da musallat olur bunlar. Benim yüzümden başını derde sokma."

"Yok be Fotin, adamları vuracak değilim. Başka adreslere yönlendiririm, uğraşır dururlar."

"Sen yine de çok bulaşma."

"Tamam tamam, merak etme sen. Nerede oturuyorsun? Sana nasıl ulaşacağız?"

"Karşıdaki tepede gecekondular var ya..."

"Evet?"

"İşte oraya yeni bir mescit yapıldı. Mescidin karşısındaki bakkalın hemen bitişiğindeki ev."

"Tamam, bir ihtiyacın olursa mutlaka haber ver, olur mu Fotin?"

"Sağ olasın muhtar."

"Hadi, kal sağlıcakla..."

Vurun beni, ama sakat bırakmayın!

Demek, çıktığımı öğrenmişlerdi. Vazgeçmeye de niyetleri yok gibiydi. İsimlerini bilmiyordum. Yüzlerini tanımıyordum. Ama onlar beni eski mahallemden soracak, oğlumu tehdit edecek kadar biliyordu.

Ölmekten, beni öldürmelerinden korkuyor değildim. Ölüm zaten benim için bir kurtuluştu. Ha bugün, ha yarın; fark etmezdi. Fakat ben, ölmez de sakat kalırsam diye korkuyordum. O zaman nasıl para kazanacaktım? Bana kim bakacaktı? Sersefil ortalıkta kalmaz mıydım?

Keşke onları tanıma, onlara her şeyi anlatma fırsatım olsaydı.

Şimdi karşıma çıksalar, "Çocuklar, kusura bakmayın, durum böyle böyle. Sizin başınıza aynı şey gelse, ne yapardınız?" diye sorardım.

"Haksızsam buyurun, ben vereyim silahı size! Vurun ama sakat bırakmayın" derdim.

Her şeyi bilseler, elimi öpmezler miydi? Hayatı mahvolmuş yaşlı bir adamı ve masum oğlunu rahat bırakmazlar mıydı?

Evladının parmağına topluiğne batsa, ananın babanın içi sızlar. Onlar, gözümden bile kıskandığım on yaşındaki kızımı elimden almıştı.

Ne yapsaydım? Ellerini kollarını sallayarak gezmelerine izin mi verseydim?

Kim ne derse desin, yapmam gereken ne ise onu yaptım! Hiç pişman değilim.

Ben hapislerde çürüdüm. Eşim derdinden kanser oldu. Ailem dağıldı. Şu yaşımda yapayalnız kaldım.

Yine de şükrediyorum. En azından elim ayağım tutuyor. Kendi ihtiyacımı kendim görebiliyorum.

Şimdi tek duam, elden ayaktan düşmeden eşimin yanına gitmek.

Nereye gidersen git, geçmişin peşinden gelir

Aradan bir hafta, on gün geçti ya da geçmedi; bir sabah kapı çaldı. Açtım, karşımda bir delikanlı... Muhtarın torunu olduğunu söyledi. Aşkabat'tan oğlum telefon etmiş. Bir saat sonra tekrar arayacakmış.

Heyecanlandım. Aynı zamanda telaşlandım. Kötü bir haber olmaması için muhtarlığa gidene kadar dua ettim.

Boşuna korkmuşum, torunum doğmuş. Onu haber vermek için aramış.

"Baba, sen de bir cep telefonu al, ulaşamıyoruz sana, merak içinde kalıyoruz" dedi.

"Ben zaten karnımı zor doyuruyorum, nasıl cep telefonu alayım!" diyemedim.

"Bu yaştan sonra o aleti kullanamam" diye geçiştirdim.

Peşimdeki adamlardan bahsetmeyecektim ama ilk aradığında muhtar söylemiş.

"Baba, seni de Türkmenistan'a aldırayım" dedi.

Nasıl sevindim, anlatamam.

Seve seve giderdim. Bir baba, oğlunun yanında rahat etmeyecek de kimin yanında rahat edecekti?

Muhtardan yardım istedim. Önce pasaport almak, sonra da vize başvurusunda bulunmak gerektiğini söyledi.

Uğraştık, ama olmadı. Hâlâ şartlı tahliye koşullarındayım. İnfazım devam ediyordu. On iki sene boyunca yurtdışına çıkmam yasaktı.

Ne yapalım! Şansıma küstüm.

Sürdürülebilene razı oldum.

Düşenin dostu olmaz

Sağ olsun, muhtarın yardımıyla pek çok yerde çalıştım, ama para kazanamadım. Çünkü değişen, sadece dünya; ucuzlayan, sadece ayakkabılar değildi. İnsanlık da değişmişti.

Eskiden terimiz kurumadan hakkımızı alırdık. İş ahlakının gereği buydu.

O kadar çok kişide param kaldı ki! İstiyorsun, vermiyorlar. Bir daha istiyorsun, yine vermiyorlar. Üstüne seni suçluyorlar, üste çıkmaya çalışıyorlar.

Ne yaparsın?

Gidip vursam, şartlı tahliyem yanacak!

Polise gitsem; sabıkalıyım, haklı olsam da haksız muamelesi göreceğim.

Alnımıza bir kere "katil" damgası vurulmuş, değiştiremiyorsun.

Yüzümü karartıp yine paramı istiyorum, "Ya, işte... durumları biliyorsun" diyorlar.

Benim durumum ne olacak peki?

Cebimde param olsa, vallahi de billahi de, "Helal olsun kardeş" diyeceğim. Ama yok işte. Yok!

Çevremde kimsenin kalmadığını gördüm. Zamanında benden borç isteyenlerin, karşılıksız yardım ettiğim insanların durumları, belki şimdi benden katbekat iyiydi.

Hayat böyle işte! Düşenin dostu olmuyor.

Yine mi cezaevi?

Bir sabah yine muhtarın torunu geldi.

"Fotin Dayı, sana tebligat gelmiş, dedem yolladı" dedi ve elime bir zarf tutuşturdu.

"Ne tebligatıymış bu?" derken, çocuk dönüp gitti.

Arkasından, "Dedene selam söyle" diye seslendim, duymadı.

Zarfın içini açtığımda çılgına döndüm. Devlete üç bin dokuz yüz lira borcum olduğu yazıyordu. Yani üç milyar dokuz yüz milyon lira. (Paradan altı sıfır atılmıştı ama benim kafam hâlâ eski paraya göre çalışıyordu.)

Meğer cezaevinde yenen yemeklerin parası, tahliyeden sonra mahkûma fatura edilirmiş. Buna iaşe bedeli deniyormuş.

Yıllarca ödeyemedim. Faiz, faiz üzerine bindi.

"Ödeme yapmamanız halinde..." diye başlayan başka tebligatlar aldım.

Haciz memuru geldi, haczedecek bir şey bulamadı.

Son çare, beni yeniden hâkim karşısına çıkardılar.

Durumum olmadığı için ödeyemediğimi ve bu gidişle ödeyemeyeceğimi söyleyip affımı istedim.

Olmadı, affetmediler...

Hâkim, altı aylık açık cezaevi mahkûmiyetine hükmetti.

Bana yeniden cezaevi yolları görünmüştü.

Çok zoruma gitti. Kızımın kanını yerde bırakmamak için on yedi sene yatmıştım. Ama bu kez, üç bin dokuz yüz lirayı ödeyemediğim için cezaevine giriyordum. O altı ay olmasaydı da, yattığım on yedi seneyi on sekize çıkarsalardı; bu kadar kanıma dokunmayacaktı.

Daha önce hiç açık cezaevinde kalmamıştım. Nedir, ne değildir; neresi açık, neresi kapalıdır; bilmiyordum. Öğrenmem uzun sürmedi. Şaşırmadığımı söyleyemem. Çünkü hiç cezaevine benzemiyordu.

Etrafında ne koruma duvarı ne de çit vardı. Hatta güvenlik görevlisi bile yoktu. Devlet dairesi gibi salt binadan oluşan bir yerdi. Akşamları yatıyor, gündüzleri çalışmak için dışarı çıkıyordun. Adliyelerde ya da başka kamu kurumlarında çaycı, temizlikçi, odacı, muhaberat elemanı oluyordun. Hatta kafan çalışıyorsa, evrak işleri bile yaptırıyorlardı. Üstelik karşılığında para kazanıyordun.

Ama yaşlıyım diye bana kimse iş vermedi. Dolayısıyla para da kazanamadım.

"Kunduracılık yapayım" dedim, "Öyle bir işkolumuz yok" cevabını aldım.

O altı ay beni mahvetti. Vakit geçmiyordu çünkü.

Sıkıntıdan patladım.

Sokakta kaldım

İkinci cezaevi maceram da sona erdiğinde, kendimi iyice tükenmiş ve yaşlanmış hissediyordum. Eve döndüğümde ise ikinci şoku yaşadım.

"Artık memleketimde toprağa yakın yaşamak istiyorum" diyerek kaldığı gecekonduyu bana emanet eden eski cezaevi arkadaşım geri dönmüştü.

"Memlekette kardeşlerimle kavga ettim, artık orada kalamazdım" dedi.

Yarım ağızla da olsa, "Sen rahatını bozma, burada beraber kalalım" demedi.

Bense yüzümü kızartıp, "En azından yeniden düzenimi kurana kadar evde bir süre daha kalabilir miyim?" diyemedim.

Bana yine yol görünmüştü. Ertesi gün eşyalarımı toparlayıp çıktım.

Beş kuruş param yoktu. Sokaklarda yatıp kalkmaya mahkûm bir evsizdim artık.

Nazilli'deki kızımın yanına gitmeyi çok düşündüm, ama gidemedim. Onların huzurunu bozmak istemedim. İnsan, kızının evine istediği zaman gidip gelmeye cesaret edemiyor.

"Keşke oğlum Türkiye'de olsaydı" diye düşündüm. Onu en son 2001'de tahliye olduğumda görmüştüm. O günden sonra bir daha görüşmek kısmet olmadı.

Mesela baba değil de anne olsaydım; hem kızımın hem de oğlumun evinde rahatlıkla kalabilirdim. Çünkü anneler kimseye yük olmaz. Kadın kendi işini görür. Ancak, yalnız kalan babaysa, özellikle damadın evinde yük olursun.

Biri çıkıp bir laf söylese, gücüne gider. Karıkoca arasında bir tartışma olur, "Acaba benim yüzümden mi?" diye düşünürsün, her şeyden alınırsın.

Sevmeseniz de saygı duyun bana

Uzun zamandır mahalledeki kahvehanede kalıyorum. Sahibi benim ta askerlik zamanından arkadaşım. Yardım ediyorum ona. Ortalığı temizliyorum, çay demliyorum, servis yapıyorum.

Eskilerden bir iki kişi beni biliyor, tanıyor. Sohbet etmesek de selamlaşıyoruz. Diğerleri suratıma bile bakmıyor. Belki onlara korkutucu geliyorum. Bimekân takımından sanıyorlar beni. En çok da bu gücüme gidiyor.

Belki konuşsam, yaşadıklarımı paylaşsam; bana daha çok değer verirler. O zaman belki beni daha çok severler; sevmeseler de saygı duyarlar.

Ama maalesef hiçbir zaman dert anlatan bir insan olmadım. Neler yaşadığımı sorduklarında hep rahatsız oldum, sustum.

Can çıkar, huy çıkmaz derler.

Ne yapayım! Ben böyleyim...

Bütün bunlar olmasaydı...

Son zamanlarda her şey kafama takılıyor. Hep, ama hep geriye gidiyorum. Otuz sene, kırk sene, elli sene geriye... Düşün, düşün, içinden çıkamıyorum. Öylece saplanıp kalıyorum.

"Ulan Fotin, kendine gel" diyorum.

"Ne işin var geçmişte!" diye kendime kızıyorum.

Sonra aklıma Ayşegül geliyor, nefes almakta zorlanıyorum. Sanki birileri boğazımı sıkıyor.

İşte o zaman kendimi sokaklara atıyorum. Ortalıkta kıçı kırık eşek gibi dolaşıyorum.

"Gönül mahzun, cennet umar" derler ya, ben de bazen bütün bunlar başıma gelmeseydi, şu an nasıl bir hayatım olurdu diye düşünüyorum.

Mesela işlerim daha da büyümez miydi?

Belki yanımda yirmi-otuz kişi çalışırdı. Farklı semtlere şubeler açardım.

Belki büyük bir marka olurdum. *"FOTİN KUNDURA!"* Güzel olmaz mıydı?

Dışarıdan liseyi bitirir, kendimi geliştirirdim. Kim bilir, İstanbul'un sayılı zenginlerinden biri olurdum belki de. Sosyeteye girerdim.

Ayvalık'tan bir yazlık ev alırdım. Çocuklarla birlikte denize girerdik. Cunda'da hanımla el ele tutuşup güneşin batışını izlerdik.

Çocukları üniversitede okuturdum. Biri mühendis, biri doktor, diğeri de subay olurdu. Kendi ellerimle evlendirirdim onları. Kalabalık düğünler yapardık. Memleketten bütün akrabalar gelirdi.

"Maşallah, çocuklarının hepsini okuttun, evlendirdin; ne mutlu sana" derlerdi bana.

Sonra torunlar olurdu. Onlara hediyeler alırdım. Ellerinden tutar, parka götürürdüm onları. Kaydırağa, tahterevalliye bindirirdim. Sonra, "Dedeciğim" deyip boynuma sarılırlardı.

Gelin, damat, çoluk çocuk; kocaman bir aile olurduk.

Büyük sofralar kurardık. Ben başköşede otururdum tabii. Evin direği olurdum.

Dua ederdim. "Allahım, verdiğin nimetler için şükürler olsun" derdim.

Yine fakirlere yardım ederdim. İhtiyacı olanın yardımına koşardım.

Herkes bizi severdi. Herkes bizi hatırlardı.

Böyle unutulmazdık...

Sonra, "Boş ver Fotin! Dünya malı dünyada kalır. Keşke Ayşegülüm yaşasaydı da bir dikili ağacım olmasaydı" diyorum.

Ardından vesveseler yeniden başlıyor. "İzin vermeseydim, böyle olmazdı; şunu söylemeseydim, öyle yapmazdı" diye diye kendimi yiyip bitiriyorum.

Verdiğimiz kararlar, söylediğimiz sözler, attığımız adımlar neden sadece kendi hayatımızı etkilemiyor?

Hayatlarımız neden bu kadar birbirine bağlı?

Hani, her koyun kendi bacağından asılırdı?

İnsanın hayatı bir anda, nasıl bu kadar hızla değişebiliyor?

...

...

Soruların ardı arkası kesilmiyor...

Ne yapayım!

Öyle perişanım ki, artık mantıklı düşünemiyorum.

Her gün gidip geldiğim yolun üstünde bir kuyumcu var. Bazen şeytan dürtüyor. "Gir içeri, doğrult silahını, kasada ne var ne yoksa al" diyor.

Sonra bakıyorum, içeride temiz yüzlü bir delikanlı var. O an kendimle kavgaya tutuşuyorum.

"Ben şimdi içeri girerim. Çekerim silahı. Delikanlı yanlış bir şey yapar. Sonra onu vurmak zorunda kalırım. Evde bekleyen karısı, çoluğu çocuğu vardır. Hayatlarını berbat ederim" diyorum.

Vazgeçiyorum...

Bazen yine kafam bozuluyor.

Diyorum ki: "Bir suç işle, yeniden cezaevine gir! Ya da namus davasından içeri girecek birinin suçunu üstlen. Ama bir şekilde kurtul şu sokaklardan, rezillikten, sefaletten..."

Kötü de olsa, içeride bir düzenim vardı. Tatsız tuzsuz da olsa, boğazımdan iki kaşık çorba geçiyordu. Muhabbet edebileceğim, birlikte vakit geçirebileceğim, beni anlayan arkadaşlarım vardı. Kendi çapımda bir itibar sahibiydim.

Dışarıda kimse kimseye acımıyor.

Çocuk gitti, hanım gitti, dükkân gitti, para yok, kimsem yok. Herkes bana sokakta yaşayan meczup muamelesi yapıyor.

Velhasıl, dışarının halini ve şu rezilliğimi görünce, "Keşke çıkmasaydım, ölene kadar cezaevinde kalsaydım" diyorum.

Ama o keşkeler hiçbir zaman bitmiyor. Giden zamanı kimse geri getiremiyor.

Şimdi yetmiş bir yaşındayım. Bu yaşıma kadar mert yaşadım, ölürsem de garip öleceğim. Ne yapayım!

22

Hepimiz katiliz!

Mesut Demirbilek, hayatınız katillerin peşinden koşmakla geçti. Aslında Fotin Dayı'yı en iyi anlayan kişi siz olmalısınız. Çünkü o hem katil hem de mağdur. Aslında her katil aynı zamanda mağdur değil mi?

Fotin Dayı'nın hikâyesi tam bir trajedi, aynı zamanda o kadar hayatın içinden ki, bütün gerçekliğiyle avaz avaz bağırıp yürekleri dağlıyor. Hayatında her şey yolunda giderken, bir günde hem kendisinin hem de ailesinin hayatı yüz seksen derece değişiyor.

Fotin Dayı, on yaşındaki kızının tecavüze uğrayıp öldürülmesiyle zaten mağdur durumda. Olayın faillerini vurduğunda ise tüm hayatını mahvederek ikinci mağduriyeti yaşıyor. Böylelikle hem katil hem de mağdur oluyor.

Onu tanımasak, yaşadıklarını bilmesek, Fotin Dayı'yla sokakta o perişan haliyle karşılaşsak, "Meczup bu adam" deriz. Sabıka kaydını görsek, üzerine bir de "katil" yaftasını yapıştırırız. Dolayısıyla onu hâlâ mağdur etmeye devam ediyoruz.

Her şeyi bir tarafa bırakalım; bir insan ne kadar kötü ve cani olursa olsun, dünyaya geldiğinde saf ve temiz değil miydi? Onun bu hale gelmesinde bizlerin, yani toplumun hiç mi rolü olmadı?

O nedenle hukuk sistemlerinin katı, rasyonel ve herkese (katile de, mağdura da) eşit yaklaşan soğukkanlı yüzü, bazı şeyleri açıklamak için maalesef yeterli olmuyor. Çünkü başta hayatın kendisi adil değil.

Düşünsene, dünyanın yüzde 20'si toplam zenginliğin yüzde 80'ine sahip! Tarih boyunca hayatta kalanlar hep güçlüler olmuş. Bu dünyayı savaşlarla ve düşmanlıklarla, sadece kan üzerine inşa etmişiz.

Peki, kimiz biz?

Bugüne kadar hayatta kalmayı, soyumuzu devam ettirmeyi başarabildiysek; elimize kan bulaşmamış olması mümkün mü?

Halen dünyada bu kadar savaş, bu kadar zulüm, nefret ve adaletsizlik varken hangimiz masum olduğunu iddia edebilir?

Maalesef bu acımasız sistemi kuran insanoğlu; sistemin belirleyicisi olmaktan çıkıp, ürünü haline geldi. Bundan sonra, ellerimizdeki kanı temizlemek ne kadar mümkün olur, bilemiyorum.

Ailesiyle birlikte Suriye'deki savaştan kaçıp, Türkiye'den Kos Adası'na geçmek isterken boğularak can veren üç yaşındaki Aylan Kurdi'yi hatırlatmak isterim. Bodrum'da kıyıya vuran sadece küçük Aylan'ın cansız bedeni değildi. Orada asıl, insanlığımız kıyıya vurdu. Aylan tüm dünyaya, "Masum değilsiniz" diye haykırdı.

Özetle, Kabil'in bize bıraktığı "mirası" nesiller boyunca korumayı başardık. Yani öldürdük ve hiç bıkmadan, usanmadan, ilk günkü hırsımızla öldürmeye devam ediyoruz.

Bu yüzden diyorum ki: "HEPİMİZ KATİLİZ!" Yani hepimiz sorumluyuz. Bizzat bıçak saplamadık ya da kurşun sıkmadık diye kendimizi "masum" ilan edemeyiz.

CİNAYET
SOHBETLERİ
Cesetler yalnızca kendileriyle
konuşmasını bilene fısıldar
A
F
Onur Akhan – Mesut Demirbilek
DK